TUDO SOBRE
A SÉRIE DA
AUTORA BEST-SELLER
PAULA PIMENTA

Fazendo meu filme
10 ANOS

OS **BASTIDORES** DA
HISTÓRIA DA FANI

GUTENBERG

EDITORAS RESPONSÁVEIS
Rejane Dias
Silvia Tocci Masini

EDIÇÃO GERAL
Andresa Vidal Vilchenski
Carol Christo

PROJETO GRÁFICO E DIAGRAMAÇÃO
Diogo Droschi

REVISÃO
Cecília Martins
Júlia Sousa
Samira Vilela

Dados Internacionais de Catalogação na Publicação (CIP)
(Câmara Brasileira do Livro, SP, Brasil)

Pimenta, Paula
Fazendo meu filme 10 anos : os bastidores da história da Fani / Paula Pimenta. – 1. ed. – Belo Horizonte : Gutenberg Editora, 2018.

ISBN: 978-85-8235-508-4

1. Ficção brasileira 2. Literatura juvenil I. Título.

18-18000 CDD-869.3

Índices para catálogo sistemático:
1. Ficção : Literatura brasileira 869.3

IOLANDA RODRIGUES BIODE - BIBLIOTECÁRIA - CRB-8/10014

A **GUTENBERG** É UMA EDITORA DO **GRUPO AUTÊNTICA**

São Paulo
Av. Paulista, 2.073,
Conjunto Nacional, Horsa I
23º andar . Conj. 2310 -2312.
Cerqueira César . 01311-940
São Paulo . SP
Tel.: (55 11) 3034 4468

Belo Horizonte
Rua Carlos Turner, 420
Silveira . 31140-520
Belo Horizonte . MG
Tel.: (55 31) 3465 4500

Rio de Janeiro
Rua Debret, 23, sala 401
Centro . 20030-080
Rio de Janeiro . RJ
Tel.: (55 21) 3179 1975

www.editoragutenberg.com.br

Aos meus primeiros leitores,
aqueles que leram *Fazendo meu filme* na 1ª edição. Obrigada por me acompanharem desde o comecinho!
E a todos vocês que vieram depois e que fazem de mim a escritora mais feliz do mundo!

Paula Pimenta

Te lo diré con una canción
PAULA PIMENTA
Viviendo mi película
PAULA PIMENTA
Viviendo mi película
PAULA PIMENTA
Viviendo mi película
PAULA PIMENTA
PAULA PIMENTA
PAULA PIMENTA
Minha vida fora de série
Fazendo meu filme
Fazendo meu filme

Agradecimentos

NORMALMENTE, nos meus livros, agradeço às pessoas que foram importantes de alguma forma para a produção daquela história. Mas, neste volume especial, tenho que fazer mais que isso. Preciso dizer obrigada a todos que vieram comigo durante esses 10 anos! E foi muita gente...

Em primeiro lugar, meus pais. Sem eles eu não seria quem sou. Foram eles que me mostraram que os meus sonhos não precisavam de limites. Que eu podia realizar cada um deles, que não precisava ter medo de voltar atrás e tentar de novo quantas vezes precisasse. Sem o apoio deles, eu não teria mudado tanto de profissão até realmente me encontrar na escrita. Sem a torcida deles, eu não teria entendido que, mesmo que o mundo pareça estar contra a gente, sempre tem alguém que está ali do lado, segurando a nossa mão e dizendo que vai dar tudo certo. Obrigada por sempre terem segurado a minha mão e continuarem segurando até hoje! Vocês são os melhores pais do mundo (e sim, mamãe, você não tem nada a ver com a mãe da Fani!).

Meu irmão. Que é tão importante na minha vida, que até virou personagem das histórias, com sua banda No Voice! Que criou a música "Linda", que é tão marcante para a Fani e o Leo. Que está sempre ao meu lado, me protegendo, me acompanhando nas viagens e enchendo a minha vida de trilha sonora!

Kiko. Que mudou a minha vida inteira depois que apareceu. Que me ensinou a ser menos impulsiva (ou a pelo menos controlar um pouco a impulsividade), que continua me surpreendendo dia após dia com sua bondade e que provou que os finais felizes dos meus livros também existem na vida real... Te amo mais a cada página da nossa história!

Elisa e Aninha, por toda a disponibilidade para lerem capítulo por capítulo dos meus livros à medida que são escritos e por me deixarem estudar a expressão facial de vocês enquanto fazem isso!

A toda minha família. Sou muito sortuda por ter familiares tão próximos, que também são meus amigos. Obrigada pelo apoio e pelos aplausos desde os meus primeiros poeminhas aos seis anos de idade!

Renata, pela parceria no primeiro livro, por ser a melhor revisora com esses olhos biônicos que enxergam até o que ninguém vê, e especialmente pela amizade eterna!

Dani, Fafá e todos os meus amigos de adolescência. Por transformarem o que muitos dizem ser uma fase chata na melhor da minha existência! Se eu tivesse uma máquina do tempo, gostaria de voltar exatamente para o ensino médio... para dizer a vocês o quanto a nossa vida era incrível, capaz de inspirar uma série inteira de livros!

Angela Botelho. Por ter me "obrigado" a mostrar meu livro para uma editora, em vez de publicá-lo de forma independente. Sem você, nada disso teria acontecido. Vou te agradecer pra sempre!

Pessoal do Grupo Autêntica. Nem tenho como agradecer pelo carinho com os meus livros desde o início, por satisfazerem meus caprichos perfeccionistas, por estarem sempre ao meu lado. Acho que precisaria de um livro inteiro para agradecer a cada um de vocês!

E, por último, não poderia esquecer os meus leitores, meus companheiros de caminhada! Tudo isso sempre foi por vocês! Obrigada pelo carinho, pelos sorrisos, pelas lágrimas, pelas cartinhas e pelos presentes, pelas broncas (quando demoro a publicar a continuação de uma história) e pela amizade que eu acabei construindo com vários de vocês! Sem isso, os últimos 10 anos não teriam o menor sentido... E que venham os próximos! ♥

Paula Pimenta

A SÉRIE
Fazendo meu filme

Vamos comemorar!

O Grupo Autêntica se orgulha de ser a casa da série brasileira de livros juvenis mais amada da última década: Fazendo meu Filme, lançada em 2008 pelo selo Gutenberg. Os livros dessa escritora mineira, de Belo Horizonte, já venderam mais de 1,3 milhão de exemplares, além de terem sido traduzidos e publicados em Portugal, na Espanha e na América Latina. Mas o número que mais nos emociona é o da quantidade de jovens leitores que passaram a amar a literatura depois que tiveram contato com o universo criado por Paula Pimenta em torno de Fani, Leo e seus amigos.

Filas com mais de 500 jovens desejosos de conhecer a autora de sua história favorita se repetem até hoje em todos os lugares por onde Paula Pimenta passa, tanto que a imprensa a considerou um dos 100 brasileiros mais influentes de 2012.

Em 2018, a série Fazendo meu Filme completa 10 anos – a primeira sessão de autógrafos do primeiro volume aconteceu em 23 de setembro de 2008 –, e, para comemorar, nada mais justo e encantador do que reunir histórias e curiosidades sobre esses livros que continuam conquistando o carinho e a admiração de milhares de leitores pelo Brasil e pelo mundo.

Com a Fani, aprendemos que nenhum filme é melhor do que a própria vida, mas que a vida também não tem graça nenhuma sem a ficção para recriá-la todos os dias.

Agradecemos a Paula Pimenta e a sua família pela confiança que sempre depositaram na nossa equipe; agradecemos pelo afeto, pela amizade, pela alegria e por todas as coisas boas que essa parceria tem nos trazido. Agradecemos, sobretudo, pela dedicação da Paula a esse trabalho cuidadoso com a escrita, de construção incessante, e pela disponibilidade para com seus leitores e leitoras. Nós, do Grupo Autêntica, crescemos junto com a Paula e com a turma da Fani, e nos tornamos uma grande família.

Rejane Dias
Editora

A **cronologia** da série

2008

Fazendo meu filme 1

2009

Fazendo meu filme 2

2010

Fazendo meu filme 3

2012

Fazendo meu filme 4

Diário da Fani

2013

Fazendo meu filme
Volume único
Edição comemorativa de 5 anos

2014

Fazendo meu filme em quadrinhos
Volume 1

Shooting My Life's Script
Versão em inglês

2015

Fazendo meu filme em quadrinhos
Volume 2

2016

Fazendo meu filme em quadrinhos
Volume 3

2018

Fazendo meu filme
10 anos

Ainda não conhece *Fazendo meu filme*? Leia os primeiros capítulos!

1

Cher: Não quero trair minha geração, mas não entendo a moda dos garotos de hoje. Parece que caíram da cama, puseram calças largonas e cobriram o cabelo sujo com um boné ao contrário. E se julgam irresistíveis? Eu não acho.

(As patricinhas de Beverly Hills)

Começou a chover de novo. Pelo menos isso. Enquanto o tempo estiver ruim, eu não *preciso* sair. Não sei quem sancionou essa lei de que meninas de 16 anos são obrigadas a sair todos os dias do final de semana. Se eu estou a fim de ficar em casa, com meus DVDs, meus livros ou simplesmente fazendo nada, a minha família já pergunta se eu estou doente. Pior do que isso. Passam-se cinco minutos e as minhas amigas começam a aparecer ou telefonar, como se o fato de eu ter dito que queria ficar em casa tivesse sido uma espécie de brincadeira.

Eu me pergunto: sair para quê? Para ver sempre as mesmas caras? Para brincar de espelho, já que todas as pessoas se vestem absolutamente iguais, como se fosse uma espécie de uniforme social? Engraçado é que essas mesmas pessoas fazem abaixo-assinado na escola para que possamos ir com roupas informais... Se eu fosse a diretora, concordaria. Pelo menos as meninas não depredariam mais o uniforme, cortando as mangas para ficarem com as "asinhas de fora" (essa foi a minha mãe que falou, tive que concordar com ela!), e os meninos parariam de levar suspensão por aparecerem na aula de chinelo.

Oh, oh. Tenho que atender ao telefone. Minha mãe está berrando daquele jeito dela que separa e prolonga sílaba por sílaba do meu nome: "Eeees-teee-fââââââ-niaaaaa...".

Argh. Como se não bastasse esse nome esquisito que me colocaram, ainda tenho que ouvi-lo gritado! Quantas vezes tenho que repetir? Meu nome é FANI! F-A-N-I. E eu finjo que não é comigo quando me chamam de Estefânia. Eu só vou atender dessa vez para que o resto do mundo que ainda não ouviu o berro da minha mãe não descubra que por trás da Fani existe um nome estranho desses...

2

Fada Madrinha: Mas, como nos sonhos,
receio que não possa durar muito.
Dançará até meia-noite.
Cinderela: Meia-noite? Oh, obrigada!
Fada Madrinha: Oh, não, preste atenção,
meu bem: ao soar das doze, a magia
cessará e tudo o que era antes voltará.

(Cinderela)

Obrigada, horário de verão! Normalmente eu não gosto do marco inicial desse horário, já que somos obrigados a adiantar o relógio e com isso ganhamos um dia de apenas vinte e três horas. Mas, desta vez, eu achei pouco e bom.

Mais cedo, no telefone, era obviamente a Natália. Eu gosto muito da Natália, a gente é amiga desde criança e tal, mas, sinceramente, de uns tempos pra cá, parece que estamos andando em direções opostas. Claro que, como sempre, ela estava completamente ensandecida de vontade de sair, especialmente por causa do fim de semana prolongado, já que o nosso colégio emendou o feriado de 12 de outubro.

Não entendo como ela consegue... A gente foi quarta ao aniversário da Júlia, na quinta ao cinema assistir a *O jardineiro fiel* (dou três estrelinhas), na sexta fomos ao ensaio da banda do irmão do Rodrigo e, ontem, todas as pessoas de Belo Horizonte que não viajaram (ou seja: a Natália, o Rodrigo e a Priscila) vieram para cá ver DVD. Caramba! Será que ela não sente falta de ficar em casa fazendo nada, não?

Tá, eu não sou antissocial, nem tenho nenhum desses desvios comportamentais de que a *Veja* vive falando, mas tem hora que sair cansa, né? Enche o saco essa coisa toda de ter que colocar roupa (tomando o cuidado de não repetir a mesma por, pelo menos, três semanas), maquiagem, pedir dinheiro para o pai, ouvir sermão sobre os perigos existentes no mundo atual, encontrar as mesmas pessoas que eu vejo todos os dias, ter que ficar fazendo carinha boa para não ter que aturar a todo minuto alguém vindo perguntar o motivo da minha braveza... Ufa. Prefiro sinceramente ficar no meu quarto, meu castelinho encantado, com meus livros, DVDs, computador...

E foi isso que eu tentei explicar pela centésima vez para a Natália quando ela tentou me convencer a sair de novo essa noite. O Sr. Gil é daqueles pais chatos, liga para o meu pai a cada saída dela para perguntar se eu fui também. Será que ele está achando que nós somos gêmeas siamesas? Que uma só pode ir aonde a outra for? Deixa eu te contar uma coisa, Sr. Gil, não é assim, não, viu? O tempo da escravidão já passou, se você quiser me contratar para ser dama de companhia da sua filha, pode ir abrindo a carteira. Cinquenta reais por hora, porque só assim pra dar conta do pique da Natália!

Só que eu acho que, se eu dependesse disso pra ganhar dinheiro, podia desistir. A própria Natália tem argumentos bem mais fortes. Em primeiro lugar, a voz fininha dela... À primeira vista todo mundo acha delicadinha, mas, depois de uns dez minutos, dá vontade de apertar o "stop", já que é tão aguda, que a impressão que passa é que vai furar o nosso ouvido! Como se não bastasse, a Natália é filha única. Isso significa que nunca teve um irmão que se recusasse a emprestar qualquer coisa para ela, e com isso ela não desenvolveu a capacidade de aceitar um *não*.

Como esperado, ela veio com toda a ladainha à qual eu já estou mais do que acostumada: "Amanhã é feriado, a gente pode dormir até tarde...", ela disse com a tal vozinha que, a cada segundo, afina mais.

Eu lembrei a ela que o meu irmão, com certeza, iria aparecer bem cedinho na minha casa junto com os meus três sobrinhos e que a diversão preferida deles é brincar de acordar a Tia Fani.

Aí ela disse: "Mas ontem você já ficou na sua casa, todos nós ficamos aí com você vendo DVD, ficar todo dia dentro de casa envelhece...".

Eu nem tive tempo de responder, e ela continuou: "Se você não for, eu vou ter que mentir para o meu pai, você vai ***ter*** que pedir para o seu pai mentir também, e você não vai querer incentivar toda essa mentirada, vai?".

Como se o meu pai fosse mesmo mentir por causa dela. Quando eu neguei e rebati cada um dos argumentos, ela começou a chantagem: "Tudo bem, tá?

Aposto que, se eu pedisse para a Júlia, ela iria comigo... Mas eu não quero ir com ela, eu prefiro ir com você...".

Eu disse a ela que a Júlia tinha viajado para a casa dos avós no interior e que era por esse motivo que ela *preferia* ir comigo...

Aí ela apelou: "Fani! Eu estou tendo uma premonição! Tenho certeza de que o amor da sua vida vai estar lá e você vai perder a chance de conhecê-lo! Depois vai passar a vida inteira solteirona e solitária, só porque não quis sair comigo esta única noite!".

Eu lembrei a ela que "esta única noite" foi a mesma coisa que ela falou nas últimas 78 vezes que tentou me convencer a sair, que essa era a 79ª vez que ela dizia que esta noite ia ser única e que, se o amor da minha vida estivesse em um bar desses, com certeza ele não seria o amor da minha vida. O verdadeiro amor da minha vida naquele momento deveria estar em casa, lendo, ou quem sabe aproveitando a véspera do feriado para fazer alguma pesquisa importante na internet ou nas enciclopédias que ele deve ter...

Quando ela sacou que eu estava falando realmente sério e que não estava a fim de sair, ela resolveu barganhar. "Eu pago o táxi sozinha", ela disse com uma voz desesperada. "E pago também a sua entrada e consumação no bar."

Falei que eu não estava à venda e pronto. Foi aí que ela deu a cartada final. Caiu no choro e, chorando, me implorou, daquele jeito que ela deve ensaiar na frente do espelho: "Pooor faaaavooooooor... Eu não pediria se eu não quisesse ir muuuuuitoooo........ O Mateus vai estar lá e vai acabar ficando com aquela horrorosa da Manuela se eu não estiver lá para impedir...... buuuuu........".

Esse "buuu" é bem o toque final. Acho que ela leu muitas revistinhas da Mônica quando era pequena, mas, pra não dar na cara, ela não fala "buá", para no "bu", prolonga o "u" e mistura tudo no choro.

Depois disso, eu cansei e resolvi ir logo, senão ela ia ficar naquele chororô a noite inteira, e, se o Mateus ficasse mesmo com a Manuela, ela ia me jogar isso na cara pelo resto da vida!

Troquei rapidinho de roupa, prendi o cabelo e fui pra casa dela, que é na rua logo abaixo da minha.

Chegando lá, a menina estava com o guarda-roupa inteiro jogado em cima da cama, sem conseguir escolher o que vestir.

Sugeri umas três blusinhas, ela pôs defeito nas três. Aí eu disse que, se ela não se arrumasse em meio minuto, eu iria embora e ela podia até chorar sangue que eu não voltaria atrás. Ela tratou de vestir qualquer coisa, ficou mais um tempão no banheiro se embelezando e, finalmente, pegou a bolsa. O pai dela passou pela gente no corredor e avisou que queria que ela estivesse em casa pontualmente à uma hora da manhã, independente do fato de amanhã ser feriado.

Finalmente, conseguimos sair e chegamos ao ponto de táxi. Essa história de táxi, a minha mãe não gosta muito. Ela prefere levar e buscar. Mas só que leva e busca reclamando! Então, quando ela não está em casa, eu acabo pegando um táxi mesmo. O ponto é aqui do lado, os motoristas todos já me conhecem e, além disso, eu sempre anoto a placa e mando como mensagem para o celular do meu pai.

Quando a gente chegou ao tal bar, já eram umas dez e meia da noite. Entramos, avistamos um pessoal conhecido, compramos um refri, a Natália me fez dar umas quinhentas voltas para acharmos o Mateus, até que finalmente o encontramos. Ele estava bem em frente às caixas de som, ou seja, o barulho estava de ensurdecer. Eu comecei a reclamar, e a Natália resolveu ir lá falar com ele, depois de um tempão ensaiando. Eu fiquei surpresa. O Mateus até que foi bem simpático, se é que dá pra ser simpático tendo que gritar para ser ouvido. Conversou uns assuntos lá e, de repente, lembrou que hoje começaria o horário de verão.

"Ih, é agora!", ele falou, mexendo no relógio. "Meia-noite, já está na hora de adiantar uma hora!"

A Natália olhou para mim com uma cara de susto tão grande, que eu até achei que uma formiga lava-pés estivesse subindo pela coxa dela! Só que aí ela virou para o Mateus, disse que a gente ia dar uma volta e largou o menino lá, sozinho no meio da pista, que ficou olhando pra gente meio sem entender a pressa. Nem eu estava entendendo... Até que a Natália, já na porta, me lembrou da imposição do pai de estar em casa à uma da manhã! Com o horário de verão, meia-noite já é à uma hora!

Como eu disse, obrigada, horário de verão! Prometo que nunca mais reclamo da sua existência! Já a Natália deve estar chorando até agora... No momento em que a gente estava saindo do bar, cruzamos com a Manuela, que estava chegando naquele minuto! É, acho que em vez dela desperdiçar a lábia comigo, deveria desenvolver uma tática para amansar o pai. A Cinderela já saiu de moda há muito tempo...

As **personagens** principais

Fani

Fani sempre imaginou sua vida como uma espécie de filme da Disney, em que todos os seus sonhos iriam se realizar antes de subirem os créditos.

Seu nome, na verdade, é Estefânia Castelino Belluz, mas só a chame de Estefânia se quiser irritá-la! Ou melhor... Nunca, nunca a chame pelo nome completo. Apenas Fani.

É uma jovem tímida, apaixonada, dedicada e tem muito ciúme dos seus DVDs! Ama ver filmes com os amigos – mas não se atreva a pedir emprestado algum de sua coleção.

É carinhosa e defende quem ama com unhas e dentes.

Sabe aquela garota quietinha, supercriativa e com o mundo nas mãos? Esta é Fani. E quem a conhece tem muita sorte!

Leo

Quer montar uma playlist perfeita? Fale com o Leo! Onde toca uma música boa, lá está ele.

O Leo é um cara do bem, daqueles de que todos querem ser amigos. É fiel, sempre ajuda quem precisa e é muito carinhoso e romântico.

Seu sonho é ser jornalista para escrever sobre música

Gabi

Gabi é a melhor amiga e conselheira da Fani, aquela parceira para todas as horas!

Doidinha de um jeito só dela, é extremamente autêntica, despojada e cheia de atitude.

Natália

Natália é a amiga mais vaidosa da Fani. É quem a arrasta para os passeios mais divertidos, adora paquerar e fazer novas amizades. Tem um coração enorme e também é muito amiga da Gabi. Mesmo com seu jeito espevitado, é romântica e sonha em encontrar um amor para toda a vida.

Priscila

É difícil conhecer alguém que ame mais os animais do que essa menina! A Pri é uma das personagens mais divertidas de Fazendo meu Filme.

Ela corre atrás dos seus sonhos (muitas vezes vai de cara, sem nem olhar para trás), defende quem ama, valoriza muito as amizades, é superdeterminada e um pouquinho fofoqueira... Mas sempre visando ao bem das pessoas de que gosta.

Tem um jeitinho todo especial, e foi uma amiga muito importante para a reviravolta na vida da Fani.

A Priscila conquistou tanto nosso coração, que ganhou uma série de livros só para ela. (Já conhece Minha vida Fora de Série? Tá esperando o quê?)

Rodrigo

Rodrigo é o melhor amigo do Leo. Um cara que parece ter saído de um verdadeiro conto de fadas: romântico, parceiro, sensível e inteligente. Adora música, animais, poesia e faz questão de fazer feliz quem está ao seu lado.

Rodrigo é aquele tipo de pessoa que pensa no outro antes de pensar em si mesmo. Como não se apaixonar por alguém assim?

Ana Elisa

Sabe quando você está perdida em meio a uma multidão e, de repente, encontra um rosto amigo? Foi como a Fani se sentiu quando chegou ao colégio Brighton Hill, em seu intercâmbio na Inglaterra, e encontrou a Ana Elisa, a única brasileira na sua sala de aula.

O tempo mostrou que as duas seriam muito mais do que apenas colegas de turma!

Christian

Christian é um brasileiro que vive na Inglaterra, onde estuda Cinema, e foi lá que a Fani o conheceu. É um rapaz lindo, conquistador, divertido e muito companheiro.

Apesar de ter trazido muita confusão para a vida da nossa protagonista, o Christian também foi muito importante para ajudá-la a realizar seu maior sonho!

Tracy

Tracy é a irmã inglesa da Fani. As duas se consideram irmãs porque ela foi *host-sister* da Fani em Brighton, cidade onde fez seu intercâmbio.

Tracy é superanimada! Durante o intercâmbio da Fani na Inglaterra, foi ela quem a arrastou para os lugares mais divertidos, sempre em busca de emoção. Também foi uma companhia muito importante enquanto Fani sofria com saudades do Brasil e de uma pessoa em especial.

Belo Horizonte, Brighton, Los Angeles: cenários da série

BELO HORIZONTE é a capital de Minas Gerais e possui cerca de 2,5 milhões de habitantes, sendo o município mais populoso do estado.

Fani e Leo nasceram e viveram boa parte da vida nesta cidade; é um lugar muito especial na série, pois foi onde encontraram o amor e viveram muitas aventuras. Belo Horizonte tem destaque especial em *Fazendo meu filme 1* e 3.

Nossos personagens moram na região Centro-Sul de BH, onde também fica a escola onde estudam. O cinema favorito da Fani fica no Shopping Pátio Savassi.

BRIGHTON é uma cidade localizada na costa sul da Inglaterra. Cerca de 8 milhões de turistas a visitam todos os anos.

Em *Fazendo meu filme* 2, Fani faz um intercâmbio nesta cidade. Lá ela conhece sua "irmã" inglesa, a Tracy, personagem muito importante no decorrer da história. Também conhece o Christian, que dá o que falar... Aliás, esta cidade é quase uma personagem à parte, de tantas aventuras e surpresas que aconteceram por lá!

LOS ANGELES é a segunda cidade mais populosa dos Estados Unidos e fica localizada na Califórnia. Hollywood é um dos distritos de Los Angeles, e é conhecida como a "Cidade do Entretenimento", onde é gravada e negociada a maioria dos filmes e programas de TV.

É nesta cidade que Fani realiza vários de seus sonhos. Você pode conferir tudo o que ela viveu em Los Angeles lendo *Fazendo meu filme* 4.

Por onde a **Fani** e o **Leo** passaram

RIO DE JANEIRO

O Rio de Janeiro, como todo mundo sabe, é capital do estado com o mesmo nome. É o maior destino turístico do Brasil e sua segunda maior metrópole. O Rio de Janeiro é famoso por seu belíssimo litoral. Entre as praias mais visitadas estão: Ipanema, Leblon, Copacabana e Barra da Tijuca.

É impossível ir ao Rio e não visitar o Cristo Redentor, considerado pela UNESCO como Patrimônio da Humanidade e eleito, em 2006, uma das Sete Maravilhas do Mundo Moderno.

O Leo tem família no Rio e até morou um tempo lá, como você pode conferir em *Fazendo meu filme 4*.

"O Leo foi o que mais aproveitou o feriado, apesar da chuva que estava no Rio de Janeiro. Ficou contando dos barzinhos, dos filmes que ainda não estão em cartaz aqui, e contou a maior vantagem por ter visto a Luana Piovani no shopping."
Fani, *Fazendo meu filme 1*

LONDRES

Londres fica na Europa e é a capital da Inglaterra e do Reino Unido. Possui cerca de 8,1 milhões de habitantes, e o turismo é uma das principais atividades econômicas da cidade. Entre as atrações mais conhecidas estão: London Eye, Big Ben, a Catedral de St. Paul, o Palácio de Buckingham, a Tower Bridge, o Hyde Park, a Tate Modern e a National Gallery.

Em *Fazendo meu filme 2*, durante seu intercâmbio na Inglaterra, Fani visita a capital algumas vezes com sua amiga Ana Elisa. É lá também que o Christian mora, com alguns parentes. Muitos capítulos emocionantes se passam no local!

"Passamos em frente ao Palácio de Buckingham, e eu comecei a me sentir realmente na terra da rainha."

Fani, *Fazendo meu filme 2*

WARNER BROS.

Já imaginou trabalhar no lugar dos seus sonhos? Foi assim que a Fani se sentiu ao ser contratada como estagiária pela Warner Bros. Além de aprender muito, ela pôde assistir às gravações dos seriados de que a Priscila tanto falava e conhecer ainda mais sobre o universo cinematográfico.

Os estúdios da Warner ficam na cidade de Burbank (que é também onde se localiza o apartamento da Fani), a 30 minutos do centro de Los Angeles. É possível fazer um *tour* por lá e conhecer os cenários de algumas séries, como *Friends*, *Pretty Little Liars*, *The Big Bang Theory*, *Two and a Half Man*, entre outras. Lá dentro também existe um museu onde ficam expostos objetos de filmes consagrados, como *Batman*, *Matrix* e *Harry Potter*.

"Aquilo devia ser um sonho. Assim como eram pra mim os filmes da Warner Bros."

Fani, *Fazendo meu filme 4*

DISNEYLAND PARK CALIFORNIA

A Disney da Califórnia é diferente da Disney de Orlando. Nas palavras da Fani, a de Los Angeles é bem menor e mais clássica, mas também incrível! Nesse parque é possível visitar o castelo original da Bela Adormecida!

O complexo da Califórnia é dividido em: Disneyland Park, Disney California Adventure, Downtown Disney e mais três hotéis que ficam dentro do parque. Apesar de menor, vale muito a pena conhecer, pois a magia da Disney está em cada cantinho do lugar!

"Adivinha onde vai ser a minha festa de formatura??????? Uma pista: o Mickey Mouse também vai estar lá! Sim, vai ser na DISNEYLÂNDIA!!"

Fani, *Fazendo meu filme 4*

UNIVERSAL STUDIOS HOLLYWOOD

O parque temático da Universal está localizado no distrito de Hollywood, em Los Angeles, Califórnia. Por que é tão especial? O parque é todo inspirado nos filmes da Universal Studios e conta com brinquedos radicais, além de simuladores! É a mistura perfeita entre estúdio de gravação e parque de diversão.

"O dia no parque da Universal foi um dos melhores da minha vida. Estar lá com a Fani, me divertindo como se não houvesse nenhum mal no mundo, foi como estar sonhando."

Leo, *Fazendo meu filme 4* ♥

Entrevista com a Fani

Fani, você amadureceu muito nesses 10 anos. De tudo o que você viveu, o que mais aprendeu?

FANI: Acho que o que mais aprendi é que o amor verdadeiro sempre vence. A gente pode até achar que aquela pessoa se foi, que já era, mas se ela for realmente importante na sua vida, acaba voltando. E se a gente não desiste dos nossos sonhos, eles acabam acontecendo.

Conte-nos sobre a sua vida como cineasta! O que você está aprontando?

FANI: É a vida que eu sempre quis ter! Meus filmes estão ganhando mais visibilidade, e gosto tanto que nem parece trabalho, é algo que eu faria por prazer. Estou aprendendo cada vez mais!

Você fez muitos amigos novos durante esses anos. A Gabi continua sendo a sua melhor amiga?

FANI: Sim! A Gabi vai ser a minha melhor amiga pra sempre! Sou madrinha da filha dela, e a gente tem uma relação muito próxima. Ela é a irmã que eu nunca tive.

Você tem notícias da Priscila e do Rodrigo?

FANI: Fiquei muito triste de saber que eles terminaram, mas eu acredito muito no amor e acho que eles ainda vão se entender algum dia. Torço muito por isso!

Em *Fazendo meu filme 1*, você se apaixonou por um professor. Como vê isso hoje?

FANI: Eu acho até graça! É uma coisa de adolescente ter amores platônicos. Mas desde o momento que me apaixonei de verdade, vi que aquilo era apenas uma paixonite boba...

LEO (interrompe)**:** Mas se eu encontrasse aquele professor de meia tigela na rua, eu quebraria a cara dele!

FANI: Leo, que tal esperar sua vez de ser entrevistado? E duvido muito que você enfrentaria o Marquinho, você vive dizendo que a melhor forma de resolver os conflitos é na base da conversa... Mas em todo caso, que bom que estamos bem longe dele, né?

Você mostrou para vários leitores que é possível realizar todos os nossos sonhos, mesmo os mais difíceis, quando se tem coragem e empenho. Deixe uma mensagem de motivação para eles!

FANI: Acho que a gente não pode desistir no primeiro empecilho, e nem dar ouvidos às pessoas que querem que a gente desista. Se você quiser algo lá no fundo do coração, tem que correr atrás, porque sem isso você não vai ser completamente feliz. Por mais que demore para acontecer, temos que continuar buscando até conquistar os nossos sonhos.

Atualmente, qual é o seu filme favorito?

FANI: Eu tenho uma lista de filmes favoritos, quer ver?!?! :D Estão na página 92!

Fani, a pergunta que não quer calar: você assiste a Netflix? Ainda coleciona DVDs?

FANI: Vejo Netflix sim, mas faço questão de ter os DVDs de todos os filmes que amo na minha coleção. Não gosto muito de coisas virtuais, e como não sei quando determinado filme vai sair da Netflix, preciso ter na minha estante para poder rever sempre que tiver vontade!

LEO (interrompe): Não cabe mais nada na estante... Daqui a pouco vamos ter que sair daqui para dar espaço aos DVDs dela...

FANI: Leo! Tem DVDs seus aqui também!

LEO: Ah, sim, aqueles que você colocou em uma caixa em cima do armário, dizendo que estavam atrapalhando a harmonia dos seus filmes de amorzinho?...

FANI (envergonhada): É só provisoriamente. Na verdade estamos procurando um apartamento novo, um pouco maior, para as pessoas da nossa família poderem ficar com a gente quando vierem nos visitar, em vez de hospedadas em um hotel...

LEO: Eles vão ter que dormir em cima dos DVDs...

FANI: Hum, já acabamos a entrevista? Que tal começar a dele? Estou ansiosa para fazer umas interrupções também e poder contar sobre essa quantidade de CDs espalhados pela casa! Acredita que outro dia encontrei alguns até no banheiro?

LEO: Foi o único lugar que achei, já que o resto da casa está tomado pelos filmes dela...

Tudo bem, vamos para a última pergunta. Como está a vida com o Leo? Como é a rotina de vocês?

FANI: O Leo, apesar de adorar implicar comigo, é um amor. É muito bom dividir a vida com ele! Estamos muito bem, em Los Angeles, mas visitamos o Brasil com frequência. A Winnie está ótima também, somos uma família feliz!

LEO: Mais que feliz! Eu não imagino a minha vida sem ela...

NOTA DA REPÓRTER: Pena que meu celular estava gravando a entrevista no momento e não deu tempo de filmar o beijo que veio logo a seguir para mostrar pra vocês... Ainda mais que a Winnie, ao ver os dois agarrados, resolveu pular em cima para ganhar carinho também! Eles realmente são uma família feliz. ♥

Entrevista com o Leo

Leo, Fani, estou até emocionada de presenciar esse momento, digno de um filme com final feliz, mas precisamos prosseguir com a entrevista, agora com o Leo. Tudo bem?

LEO: Claro, desculpa! É que quando ela me olha desse jeito, eu não consigo resistir...

FANI (saindo): Vou deixar vocês dois à vontade, pois ao contrário de algumas pessoas, prefiro não interromper! Espero que ele não fale muito mal de mim... Ou da minha coleção de DVDs!

Leo, sabemos que você se mudou para Los Angeles por causa da Fani. Algum arrependimento?

LEO: De jeito nenhum! Pela Fani eu iria até o fim do mundo. Eu realmente não sei ficar longe dela... Claro que sinto saudades da família e dos amigos, mas sempre dou um jeito de visitá-los, e sempre conversamos pela internet ou pelo FaceTime... Hoje em dia a tecnologia encurtou as distâncias! Nem parece que estamos tão longe...

E por falar nos seus amigos, como estão a Márcia, o Danilo, o Rodrigo, o seu primo Luigi... Ah, e a Cecília! Você tem notícia deles?

LEO: Claro! A Márcia continua com a Cinemateka. Especialmente por causa da dedicação dela, nosso portal cresceu muito, ganhou uma versão impressa, e hoje em dia é ela que toma conta. Eu fico mais colaborando a distância, enviando informações do mundo do cinema em primeira mão. O Danilo também continua lá como fotógrafo, mas ele fica muito no exterior, lançou um livro de viagens, faz cobertura de vários eventos internacionais, especialmente na Inglaterra, pois quer ficar o máximo possível perto da namorada, a Ana Elisa. O Rodrigo anda meio distante porque está morando no Canadá, mas tentamos sempre manter contato! O Luigi e a Marilu se casaram já há alguns anos e estão muito felizes! Ela inclusive está grávida, vai ser um menino, e vou ser o padrinho! E a Cecília continua maluquinha! Ela já veio aqui nos visitar e voltou com uma mala lotada de livros, teve até que pagar excesso de bagagem... Mas ela disse que uma boa leitura não tem preço...

Com o que mais você está trabalhando?

LEO: Além da Cinemateka, eu continuo na TV como correspondente internacional. E nas horas vagas, eu ainda ajudo a Fani nas trilhas sonoras dos filmes dela! Não posso reclamar, tenho tido muito trabalho!

Agora vamos falar da sua paixão por música. Você ainda tem mania de gravar CDs?

LEO: Eu ainda adoro fazer isso, mixar músicas em uma certa ordem que faça sentido é como um hobby pra mim! Mas hoje em dia tenho menos tempo... Como disse, estou trabalhando muito, então CDs mesmo eu continuo gravando só para a Fani nas ocasiões especiais. E agora também tudo é virtual. Acho que eu e a Fani somos umas das poucas pessoas do mundo que ainda compram CDs e DVDs para a nossa coleção...

E por falar na sua coleção, qual é o seu CD preferido dela?

LEO: Sem dúvida nenhuma são os CDs que a Fani gravou pra mim... Especialmente o primeiro deles, antes mesmo do nosso primeiro beijo. Ele se chama "Nacionais Eternas", e quando o escutei, pensei que estivesse sonhando, delirando... Eu mal podia acreditar que ela tinha me mandado uma declaração de amor musical, que era exatamente o que eu tinha tentado fazer para ela (e imaginado que ela nem tinha percebido). O segundo CD, ela gravou quando estava no intercâmbio, o nome dele é "Hard to say I'm sorry". Eu pensava que ela não queria mais saber de mim, que estava namorando outro cara (o Christian)... Foi uma grande surpresa receber aquele CD, foi quando eu soube que esperá-la por um ano valeu a pena! E o último deles foi quando ela já estava morando aqui em Los Angeles, o nome dele é "If this was a movie". Eu pensei que a havia perdido para sempre, por causa de uma armação de uma ex-namorada minha... Mas a Fani acabou acreditando que o meu grande amor sempre foi ela. E vai continuar sendo pelo resto da vida.

FANI (saindo por detrás da porta, visivelmente emocionada): Desculpa, eu disse que não ia interromper, mas eu preciso dar outro beijo nele...

É melhor terminarmos essa entrevista por aqui, acho que eu é que estou interrompendo! Obrigada, Leo e Fani! Adorei saber que vocês estão bem! Aliás, mais do que bem... Vocês realmente me fazem acreditar que "nenhum filme é melhor do que a própria vida"! ♥

Dicas para quem quer fazer um **intercâmbio**

O intercâmbio tem um papel muito importante na série Fazendo meu Filme. Você já pensou em fazer um?

1

ESCOLHA BEM O DESTINO DA SUA VIAGEM.

É preciso ter certeza de para onde você quer ir. Se o seu objetivo é melhorar o inglês, é importante buscar países que falam esse idioma como primeira língua e pesquisar muito sobre o destino para saber se ele tem a ver com você e com o seu estilo de vida. Você não quer se decepcionar quando chegar lá, quer?

2

DEFINA O TIPO DE CURSO QUE QUER FAZER.

Existem vários tipos de cursos e níveis. Tem o High School, por exemplo, em que você passa um ano letivo inteirinho do ensino médio no exterior, mas também há os cursos de idiomas, ou mesmo programas de trabalho (esses para quem tem mais de 18 anos). São muitas opções, então você precisa pesquisar e pensar bastante sobre as possibilidades.

3

PROCURE UMA BOA AGÊNCIA DE INTERCÂMBIO.

Isso é uma das coisas mais importantes! Você precisa ter segurança na viagem, então pesquise a qualificação da agência e procure saber se quem contratou o trabalho deles gostou.

4

PROVIDENCIE RAPIDAMENTE OS DOCUMENTOS.

Essa etapa é essencial! Se não fizer isso, você terá muita dor de cabeça. A sua agência saberá te orientar da melhor maneira, então dê muita atenção a este item.

5

FAÇA UM SEGURO DE SAÚDE!

É muito importante e **obrigatório**! É claro que, nesse momento tão especial, você nem pensa em ficar doente, mas nunca se sabe o que pode acontecer. Então, previna-se!

6

ECONOMIZE DESDE JÁ.

Se o sonho ainda está distante, economize a partir de agora. Nada de gastar com coisas que você sabe que não vai usar tão cedo! A moeda em alguns países do exterior é mais valorizada, então precisamos de muitos reais para comprar dólares, euros, libras... Foque no seu objetivo e lembre-se da sua viagem inesquecível. Depois você verá que cada moeda guardada terá valido a pena.

7

DESAPEGUE DO SEU PAÍS E DOS SEUS AMIGOS!

Eu sei que é difícil, mas é preciso desapegar da vida aqui no Brasil, porque a saudade atrapalha muito. Esqueça por um tempo... A gente acha que um ano é uma vida, mas vai estar tudo igual quando você voltar! Desligue-se e curta a experiência.

Como o universo de **Fazendo meu Filme** criou **Minha Vida Fora de Série**

QUANDO EU IA COMEÇAR a escrever o último livro de Fazendo meu Filme, fiquei bem triste, porque não estava preparada para me despedir das personagens. Foi quando tive uma ideia. Muitas séries de TV, quando chegam ao final, acabam ganhando um *spin-off*, que é uma série derivada, geralmente com alguma das personagens que mais se destacou. Então resolvi fazer isso e comecei a pensar qual das personagens secundárias renderia uma boa história. Pensei primeiro na Gabi e na Natália, mas logo concluí que todo mundo que leu os livros já sabia tudo sobre elas, inclusive o final feliz que cada uma teve.

De repente, lembrei que ninguém conhecia muito a Priscila. As pessoas só sabiam que ela era aquela amiga meio fofoqueira da Fani e a namorada do Rodrigo. Mas ninguém tinha ideia de como eles se conheceram, de como o namoro deles começou. Foi aí que resolvi que a Pri iria ganhar uma história só para ela.

Em *Fazendo meu filme 1*, descobrimos que a Priscila e o Rodrigo começaram a namorar aos 13 anos, então por isso *Minha vida fora de série 1* se passa três anos antes de *Fazendo meu filme 1*: eu voltei no tempo para contar como o relacionamento dos dois começou.

A Priscila é uma personagem bem diferente da Fani, e isso foi ótimo, porque eu não queria ser repetitiva. Com Minha vida Fora de Série eu pude continuar naquele universo literário, que eu e tanta gente já amávamos, mas com uma história totalmente nova! ♥

O **diário** da **Fani**

OS LEITORES PEDIAM muito nas redes sociais para a editora lançar um caderno da Fani ou de Fazendo meu Filme. Mas isso era um pouco complicado, porque a editora não é uma gráfica, o que ela publica são livros... Porém, para saciar um pouquinho esse desejo, resolvemos fazer um livro interativo. Foi aí que nasceu a ideia do diário, no qual poderíamos incorporar fatos dos livros com um espaço para o leitor contar sua própria história!

Foi bem legal porque pude escolher minhas frases preferidas dos livros para ilustrar as páginas – e dessa vez não foi dos filmes que a Fani gosta, mas das minhas próprias personagens! Pude contar o dia do aniversário de todos as personagens, até das coadjuvantes... Também criei um capítulo especial de Réveillon para entrar bem no comecinho da agenda. Como eu disse, é tudo muito interativo, com espaço para colocar os filmes preferidos de cada leitor, testes, poemas e muita coisa interessante. Foi realmente bem divertido fazer esse diário, e eu uso o meu até hoje! ♥

COMO SURGIU A IDEIA DOS QUADRINHOS

OS LEITORES VIVIAM me pedindo para escrever um *Fazendo meu filme 5*, só que eu não queria fazer uma continuação. É que eu acho importante deixar um pouco para a imaginação do leitor e, na minha opinião, eu dei pra Fani o melhor final feliz que eu poderia criar! Além disso, outras personagens futuramente vão contar um pouquinho sobre como anda a vida do Leo e da Fani. Mas confesso que eu já estava com saudade deles também.

Um dia, eu estava na editora e vi algumas HQs publicadas pela Nemo, o selo de quadrinhos do Grupo Autêntica. Inclusive, me lembro que era o de *Romeu e Julieta*, e achei muito interessante ver aquela história em quadrinhos. Foi aí que surgiu a ideia, numa conversa minha com alguém da editora. Todo mundo ficou empolgado!

Assim, pensamos em como poderia ser o projeto, se simplesmente adaptaríamos a história de Fazendo meu Filme para os quadrinhos, mas eu logo falei que gostaria de escrever "episódios" originais. Eles se passariam no período da série, mas trariam fatos que ninguém sabia ainda, que são apenas mencionados superficialmente nos livros.

Então é isso que tenho feito. Em um capítulo de *Fazendo meu filme 1*, a Fani fala que a primeira vez que ela foi à casa do Leo foi em uma festa surpresa que preparou para ele. No livro consta apenas essa informação, então ninguém sabia de fato como havia sido essa festa. E foi isso que contei nos quadrinhos: o preparativo da festa, o motivo, o que aconteceu lá, quem estava presente...

Em outra passagem de *Fazendo meu filme 1*, o Alan chega com os óculos quebrados na sala de aula e fala que isso aconteceu no jogo do Atlético e Cruzeiro. Então eu percebi que ninguém sabia o time das personagens e resolvi contar isso, aliado à essa história do Alan!

Na terceira HQ, contei de onde surgiu a plaquinha do "Não dou, não empresto, não vendo", que é tão marcante na história da Fani. E tem uma grande surpresa ali: a gente descobre que, na verdade, quem deu essa ideia para a Fani foi a Priscila! Estou achando muito legal poder contar nos quadrinhos esses detalhes que ninguém tinha ideia, e o bom é que assim posso matar a minha saudade... E a dos leitores também! ♥

A autora

Quem é
Paula Pimenta?

ASSIM COMO AS SUAS PERSONAGENS, Paula Pimenta parece ter sido tirada das páginas de um livro. Ela tem o superpoder de criar personagens com vida própria, cenários que nos fazem querer preparar as malas no mesmo instante e acontecimentos que causam palpitações no coração, ou fazem com que surjam borboletas no estômago de quem lê suas histórias.

Paula já cresceu, mas nunca perdeu a magia da juventude (não sabemos se ela conhece a Terra do Nunca ou se encontrou alguma poção rejuvenescedora em Hogwarts) e faz da sua vida um desses filmes de princesas da Disney, em que além de lutar pelo seu próprio final feliz, também faz questão de criar o "felizes para sempre" de suas personagens.

Nossa escritora-princesa vive no reino de Belo Horizonte, Minas Gerais, onde passa a maior parte do tempo escrevendo, brincando com seus animais de estimação, ouvindo música e curtindo a família. É formada em Publicidade e Propaganda e já deu aulas de música, mas hoje se dedica integralmente à escrita.

Amor, amizade, família, inseguranças, sonhos... Esses são alguns dos temas que a autora aborda em seus livros. As personagens de suas histórias são adolescentes brasileiros, então é impossível ler e não se identificar com ao menos uma das situações vividas por elas.

Uma característica que faz a Paula se identificar tanto com a Fani é a timidez. Apesar disso, ela adora quando encontra seus leitores na rua e eles comentam sobre os seus livros. Muito ativa nas redes sociais, ela vai adorar receber um recadinho seu! ♥

www.paulapimenta.com.br
facebook.com/paulapimentafanpage
twitter.com/paulapimenta
instagram.com/paulapimenta
pepperpaula

O **caminho** até aqui

A ESTREIA DE PAULA

Eu não achava que seria escritora. Sempre gostei de escrever e de ler, mas pensava que, para trabalhar com escrita, eu teria que ser jornalista. Não sabia que eu podia viver sendo apenas escritora no Brasil, tanto que eu só deixei de lado minhas outras profissões depois que estava segura financeiramente. Para mim, escrever livros era apenas um hobby, algo que eu amava, mas que não imaginava que poderia fazer em tempo integral.

Quando eu era criança, meu sonho era ser famosa (hahaha), mas achava que seria cantora, atriz ou algo assim, e não uma escritora de sucesso.

Veterinária era outra profissão que me atraía, e confesso que na época do vestibular fiquei um pouco indecisa. Mas eu tenho uma tia que é veterinária e ela falava que era melhor fazer medicina, porque os veterinários trabalham tanto quanto os médicos, mas não recebem o mesmo reconhecimento. Eu não tinha vontade de ser médica, queria era viver rodeada de bichinhos, mas confesso que as palavras dela me desanimaram um pouco. Além disso, o irmão de um amigo passou no vestibular para veterinária, mas acabou largando porque não conseguia ver os animais sofrendo. Eu também sou assim, acho que não tenho o sangue frio necessário. Então acabei resolvendo ajudar os bichinhos de outras formas. Contribuo em ONGs, vivo resgatando cães e gatos nas ruas e falo muito sobre eles nos meus livros.

Por isso, quando saí do ensino médio, já estava decidida a fazer jornalismo. Passei no vestibular, mas logo no início do curso vi que não era exatamente o que eu pensava... Comecei a receber críticas dos professores e aquilo me assustou, pois estava acostumada a ouvir muitos elogios pelos meus textos. Acabei entendendo que as críticas não eram por eu escrever mal, e sim por causa do meu estilo de escrita. Meus professores diziam que eu estava fazendo crônicas, literatura... Foi quando percebi que era exatamente aquilo o que eu queria: dar minha opinião, florear... Entendi então que não queria ser jornalista. A minha verdadeira vocação era criar histórias.

Como nas faculdades de BH não existia nenhum curso voltado especialmente para quem quisesse ser escritor, acabei me transferindo para a publicidade, outra área que me interessava e na qual eu poderia exercer minha criatividade.

Nesse período eu também investi muito na minha musicalidade. Sempre cantei e toquei violão, mas nessa época fui convidada para dar aulas em uma escola de música. Foi muito bom começar a ter meu próprio dinheiro exatamente com algo que eu faria até de graça!

Quando me graduei, trabalhei um pouco na área de publicidade, mas eu gostava mesmo era de música. Por isso continuei ensinando violão, e também fui chamada para dar aula de expressão vocal na escola de teatro que eu frequentava, a Companhia de Teatro. Mas não deixei a escrita de lado. Foi nessa época que descobri outra paixão: compor. Eu escrevia muitos poemas (vários do meu livro *Confissão* foram escritos nessa fase) e comecei a fazer tentativas de reunir a escrita e a música. No começo foi difícil, eu tentava apenas "musicar" os meus poemas, mas então ganhei de presente de um amigo um livro chamado *Letra, música e outras conversas*, do Leoni, e através dele descobri que a maioria dos compositores faz o contrário: compõe primeiro a melodia para depois acrescentar a letra nela. Tentei e deu certo! Desde então, nunca mais parei. Em *Fazendo meu filme 3* tem uma das minhas composições, "Baby, Baby", que emprestei pro Leo e pra Fani!

Depois que saí da faculdade, comecei a escrever mais crônicas e percebi que eu realmente gostava desse tipo de texto. Nessa época estavam começando os blogs da internet, e eu tenho um amigo chamado Ian que tinha um site de entretenimento; ele leu os meus textos e me convidou para ser colunista. Eu também mandava alguns textos para o site Crônica do Dia, e eles gostavam tanto que passei a ser cronista fixa. Foi aí que começou a nascer o meu sonho de realmente ser escritora, só que tinha um problema... Apesar de escrever crônicas e poemas, eu gostava muito de ficção e tinha muita vontade de escrever também um romance. Porém, sempre que eu tentava acabava não conseguindo, largava, ficava com preguiça e perdia a empolgação com o livro... Eu imaginava que devia ter alguma técnica, algum truque para conseguir escrever uma história até o final. Fazer um curso de escrita me pareceu uma solução para conseguir levar esse sonho adiante.

Eu sabia que no exterior existiam cursos até de graduação e mestrado em Escrita Criativa, e comentando isso com um dos meus tios, que mora em Londres, ele sugeriu que eu fosse para lá. No começo achei complicado, mas eu queria tanto tentar que resolvi mesmo dar uma pausa em tudo que eu fazia e ir atrás do meu sonho.

PAULA NA TERRA DA RAINHA

No meu primeiro intercâmbio eu ainda era adolescente, então tinha todo o cuidado dos meus pais. Mas quando fui para Londres, tive que vender meu carro para fazer a viagem, e também trabalhei lá como *baby sitter*... Foi uma época de muitas responsabilidades e escolhas, e foi exatamente isso que mudou a minha vida inteira.

Logo que cheguei em Londres, encontrei o meu sonhado curso e comecei a frequentar as aulas. Eu adorava, era uma terapia para mim! E eu sempre voltava louca para colocar no papel tudo que eu vinha aprendendo... Foi aí que aquela antiga vontade de escrever um romance voltou.

Resolvi retomar então o último que eu tinha começado e largado. E adivinha qual era? Sim, *Fazendo meu filme 1*!

Para falar sobre ele, tenho que voltar um pouquinho mais no tempo. Como contei, eu já havia tentado escrever alguns romances, e poucos meses antes de ir para Londres tive uma ideia para mais um deles. Eu adorava a série de livros O Diário da Princesa: me sentia a própria Mia durante a leitura, era como se eu

Paula Pimenta em visita a Brighton durante o período em que morou em Londres, quando *Fazendo meu filme 1* começou a tomar forma e se tornar realidade.

estivesse lendo os meus diários. Foi quando comecei a perceber que não precisava procurar inspiração muito longe... Eu tinha muito material na minha própria história! Então comecei a pensar nas minhas aventuras da adolescência e me lembrei do meu intercâmbio, uma fase extremamente marcante da minha vida. E foi assim que surgiu a história da Fani. Inicialmente me inspirei na minha própria vida, mas aos poucos fui inserindo imaginação, contando os acontecimentos muito mais como eu gostaria que tivessem acontecido comigo do que como realmente aconteceram...

No começo fiquei muito empolgada com a escrita, era como voltar no tempo, mas aos poucos fui deixando o livro de lado. Ele ficou guardado no meu computador até que aquele curso em Londres me fez ter vontade de resgatá-lo e continuar a história.

E então o livro fluiu. Eu me sentia muito sozinha em Londres, por isso no momento da escrita era como se a Fani me fizesse companhia. Eu adorava me encontrar com ela, era como estar perto de uma amiga.

A história em si já estava muito pronta, porque, como eu disse, foi baseada em coisas que vivi, então só precisei colorir. Coloquei uma lente de aumento nos fatos, inventei outros... Escrever aquele livro era um escape. Era voltar para a adolescência, para uma época tão leve da minha vida.

À medida que eu escrevia, ia mandando os capítulos por e-mail para a minha prima, minha amiga e minha mãe. Elas ficavam desesperadas pelos próximos e me escreviam cobrando a continuação. Foi um grande incentivo!

Quando eu terminei o *Fazendo meu filme 1*, soube que aquilo era o que eu queria fazer para o resto da vida.

Sempre digo que, na verdade, o que me tornou escritora não foram as técnicas que aprendi no curso que fiz em Londres, e sim a experiência que tive nele. Ter ido para a Inglaterra e ter conseguido concluir a minha história me fez aprender o caminho para escrever um livro até o fim.

O ROTEIRO INESPERADO DE PAULA

Logo quando retornei ao Brasil, no final de 2005, voltei a dar as aulas de voz e violão. Mas estava mesmo era focada em encontrar uma editora para o *Fazendo meu filme*.

Minha mãe tem um colega que trabalhava em uma editora pequena e perguntou se ele poderia ler meu livro e me dar um direcionamento. Ele não só topou como, ao final da leitura, escreveu uma carta para mim falando que tinha adorado! Segundo ele, meu livro agradaria pessoas de 8 a 80 anos, apesar do público-alvo serem mesmo os adolescentes. Fiquei muito feliz por ele ter elogiado tanto a história, pois era uma pessoa completamente imparcial, de fora do meu convívio.

Incentivada pelos comentários dele, tive coragem de ir em busca de editoras. Mas eu já sabia que seria difícil. Nessa época, as editoras eram muito fechadas para autores brasileiros, principalmente para aqueles voltados ao público juvenil. Mesmo assim, eu quis tentar.

Tive uma surpresa logo na minha primeira tentativa. Eles falaram que poderiam publicar sim, sem nem mesmo ler minha história! Mas logo em seguida disseram que eu teria que pagar (e bem caro) para isso. Como eu sabia que não era assim que funcionava com as editoras sérias (o autor não tem que pagar nada e ainda recebe direitos autorais), resolvi tentar mais um pouco.

Na segunda editora também não tive sucesso, e essa poderia ter sido uma experiência traumática... O dono de lá mal olhou para o meu livro, apenas me perguntou do que se tratava. Fiz um pequeno resumo da história e ele falou na minha cara, de forma bem grosseira: "O seu livro não vai agradar ninguém. Os adultos vão achar esse tema muito bobo, e os adolescentes não leem livros grossos! Desista!". Eu saí de lá meio chocada, mas nunca fui de desistir. Minha história (aliás, o tema dela, já que ele nem ao menos havia lido) poderia não ter agradado a ele, mas eu tinha certeza que muitas pessoas iriam gostar.

Então, para provar que eu não precisava da opinião desse editor, resolvi publicar meu livro de forma independente. Eu iria a uma gráfica, mandaria fazer uma tiragem pequena e eu mesma o venderia.

Bem nessa semana, aconteceu uma coincidência que mudou a minha vida.

Paula Pimenta no lançamento da primeira edição de *Fazendo meu filme 1*, em 2008.

Eu fui ao aniversário de uma tia e uma de suas melhores amigas, a Ângela, já havia publicado alguns livros. Quando contei dos meus planos de publicar de forma independente, ela me convenceu a não fazer isso.

A Ângela me explicou que o mais difícil não era publicar o livro, e sim distribuí-lo, fazer com que ele chegasse às livrarias. Ela prometeu então me levar à sua editora, a Autêntica. Já na semana seguinte, ela agendou uma reunião com a Rejane, a dona da editora, que no começo também ficou resistente. Ela me explicou que o público juvenil não era o foco da editora (e não era mesmo, eles não tinham nenhum livro juvenil no catálogo), mas quando eu contei que o livro se tratava da história de uma intercambista, ela começou a ficar interessada. A Rejane disse que uma porcentagem muito grande de adolescentes do Brasil tinha vontade de estudar no exterior e que, de repente, a história de uma intercambista poderia ser interessante...

Ela pediu para eu deixar o livro lá, pois pediria para alguém ler. Confesso que achei que meu livro seria esquecido e que eu nem teria um retorno, mas uma semana depois ela me ligou contando que tinham lido, adorado e que queriam publicá-lo! Acho que foi um dos dias mais felizes da minha vida!

PAULA EM BUSCA DO FINAL FELIZ

Apesar de ter conseguido uma editora, a publicação não foi tão rápida. Já tinham me avisado que naquele ano (2006) o cronograma de publicações da Autêntica estava fechado, então só poderiam publicar o livro no 1º semestre de 2007. Confesso que fiquei meio chateada, pois estava louca para ver meu livro com capa, nas livrarias... Mas eu sabia que valeria a pena esperar. Só não sabia que ia precisar esperar tanto! O livro só foi realmente lançado em setembro de 2008. Haja ansiedade!

A primeira sessão de autógrafos foi um dia muito marcante. A livraria estava cheia, toda a minha família e muitos amigos compareceram, eu fiquei extremamente feliz. Porém, logo que terminou, senti o oposto. A tristeza tomou conta de mim. Eu tinha esperado tanto por aquele momento que, assim que passou o lançamento, ficou um enorme vazio. Eu realmente achava que só minha família e minhas amigas iriam ler. Na verdade, eu achava que elas iriam comprar e largar o livro para lá.

Contei para a minha mãe o que eu estava sentindo, que estava triste por ter acabado, e ela sabiamente respondeu: "Acabou nada! Lembre-se das palavras da Fani: 'O filme está apenas começando'. Eu não podia imaginar o quanto ela estava certa...

Resolvi então partir para a batalha com o meu livro. Enviei exemplares para blogs literários, levei-os nas escolas onde estudei pedindo para indicarem para os alunos na biblioteca, fiz propaganda nas comunidades de leitores do Orkut.... E o livro acabou pegando no boca a boca! Uma menina lia e indicava para a amiga, que indicava para mais duas, que indicava para a professora, que indicava para a sala inteira...

Menos de um ano depois, a dona da editora me ligou meio impressionada, falando que a primeira edição do livro tinha se esgotado! Ela estava especialmente surpresa porque eu era uma autora iniciante, e vender 1.000 livros (a tiragem inicial) no Brasil em menos de um ano não é nada fácil. Outro fato que a impressionou era que a editora estava recebendo muitos e-mails de leitores perguntando se a minha história teria uma continuação. Então escrevi *Fazendo meu filme* 2 em apenas três meses, pois já estava com a história toda na cabeça. Além disso, *Fazendo meu filme 1* ganhou uma 2ª edição com capa nova, pois os livreiros estavam colocando o livro na seção de Cinema, já que a primeira capa tinha um rolo de filme. Isso, aliado ao título, fazia com que eles pensassem que era um livro ensinando a fazer filmes. No começo eu fiquei bem resistente a respeito dessa nova capa, pois adorava a antiga. Mas quando o Diogo (o designer da editora responsável pelos meus livros) me apresentou o projeto, eu amei!

Fazendo meu filme 2 foi um dos livros mais gostosos que já escrevi, pois foi o primeiro já sabendo que seria publicado. Muitas pessoas me perguntam porque eu escolhi Brighton para ser a cidade do intercâmbio da Fani. A primeira razão é que eu não queria que pensassem que meu livro era autobiográfico (porque realmente não é, apesar de ter sido inspirado em alguns fatos da minha vida).

O meu intercâmbio da adolescência foi na Pensilvânia, nos Estados Unidos, então eu queria um lugar diferente. Pensei em Londres, mas fiquei com receio pelo mesmo motivo, muita gente sabia que eu havia morado lá. Foi quando Brighton me veio à cabeça. Eu gosto de escrever sobre aquilo que conheço. Gosto de poder descrever os locais com detalhes, de ter certeza das informações que insiro nos meus livros. Então Brighton foi uma boa opção porque era um local que eu conhecia bem, já que ia muito lá no período que morei em Londres, e era uma cidade onde eu sabia que tinha muitos estudantes. Era a escolha perfeita.

Nesse livro, eu me inspirei muito no que vivi no meu próprio intercâmbio, todas as sensações e experiências. Eu só não encontrei um Christian, infelizmente! Na verdade essa personagem nem estava nos meus planos. Minha ideia para *Fazendo meu filme* 2 era outra. Mas quando eu estava nos primeiros capítulos, uma frase veio do nada à minha cabeça: "Quando tinha uma semana que eu estava lá, eu o conheci". Eu meio que assustei e fiquei pensando: "Quem?! Quem essa menina conheceu?". E aí o Christian surgiu e mudou a história inteira.

Apesar de ter saber que eu já tinha um público adolescente que seguia a história da Fani, foi apenas no evento de lançamento de *Fazendo meu filme* 3 que

Autógrafos durante o lançamento de *Fazendo meu filme 3*.

eu percebi que a série tinha se tornado um grande sucesso. O primeiro lançamento, em BH, estava lotado! A fila era interminável: a livraria fechou, e eu ainda continuei a autografar por cerca de duas horas. Não acreditei que aquilo estava acontecendo comigo, era muito mais do que eu havia sonhado... Depois desse lançamento, percebi que não estava conseguindo mais conciliar minhas outras profissões com a escrita. Eu ainda trabalhava com publicidade, mas sem a menor disposição, e estava desmarcando muito as aulas dos meus alunos por causa das viagens. Então, quando vi que eu já conseguia me manter só com os direitos autorais dos livros, resolvi me dedicar totalmente àquele momento. Desde 2010 eu passei a ser escritora em tempo integral, e poder me dedicar totalmente a isso é maravilhoso!

Quando estou em fase de escrita, fico totalmente imersa no universo do livro, praticamente me transformo em cada uma das minhas personagens. Em *Fazendo meu*

Paula Pimenta e leitoras na Fliaraxá de 2014.

filme 3, por exemplo, a Fani chorava muito e eu acabei pegando isso dela. Lembro que o Kiko (meu marido) na época virou pra mim, em um momento que eu estava muito chorona, e falou: "Nossa, você está Fani demais!". Então eu percebi que realmente estava deixando a personalidade da minha personagem me dominar.

Apesar dessa choradeira toda do terceiro livro, *Fazendo meu filme 4* foi o mais difícil de escrever. Eu já sabia o que ia acontecer. Aliás, sabia o final da série desde a época do lançamento de *Fazendo meu filme 2*: eu tive um sonho com o final! Vi nitidamente o Leo encontrando a Fani anos depois, ela já como cineasta... E resolvi que terminaria a história assim. Mas o livro acabou ficando muito grande e complexo. Eu inseri o ponto de vista do Leo, quase metade do livro é passada em flashbacks, e isso me deu muito trabalho! Também havia o prazo da editora, que já tinha estourado, além da cobrança dos leitores... Foi realmente bem difícil, eu mal dormi por cerca de 5 meses (o tempo que demorei para escrevê-lo). Apesar disso, de todos os livros que já escrevi, esse ainda é o meu preferido. Quando o releio, sinto até orgulho de mim mesma! Sou realmente muito apaixonada pela história do Leo e da Fani...

E se no lançamento de *Fazendo meu filme 3* eu senti que o livro tinha pegado, no do 4 eu percebi que havia me tornado conhecida. Em uma das primeiras sessões de autógrafos, no Rio de Janeiro, eu cheguei na livraria e fui passando normalmente pela entrada principal, como eu sempre fazia, mas os vendedores foram na hora ao meu encontro dizendo que eu não podia passar por ali, pois estava muito cheio e ia dar tumulto. Nas palavras deles: "A única vez que um evento da livraria ficou tão lotado foi quando o Fernando Henrique Cardoso veio dar uma palestra". Então me mandaram entrar por trás. Quando eu apareci, as leitoras gritaram muito, tomei o maior susto! Não sabia se ria, se saía correndo... Foi muito engraçado! Foi a primeira vez que gritaram para mim, e essa atitude foi a maior surpresa. Eu achava que isso só acontecia com popstars, não com escritores! Lembro que nesse exato momento eu pensei: "Nossa, fiquei famosa, e agora?". A partir daí comecei a aparecer muito na imprensa, fizeram uma matéria de duas páginas sobre mim na *Veja*, fui em programas da Globo... E foi quando passei a ser reconhecida nas ruas também.

Desde então, eu tenho vivido o meu sonho. Aliás, é muito mais do que um sonho. Escrever e ter leitores que gostam das minhas histórias é o que eu quero fazer para o resto da vida! ♥

Entrevista com Paula Pimenta

Fazendo meu Filme marcou o início da "vida literária" de muitos(as) jovens. Muitos(as) garotos(as) começaram a ler por causa dos seus livros. Com essa responsabilidade em mente, o que você sempre se preocupa em passar quando escreve as suas histórias?

Eu sempre fui uma pessoa de muitos valores, não me corrompo, então acho que minhas personagens passam muito isso. Todas elas têm uma boa base familiar, uma boa índole, uma pureza no coração. Acho que o amor está muito perdido no mundo, as relações muito descartáveis, então tento inserir isso nas minhas histórias... Amores sólidos, reais. Amizades que não são de momento e sim pra vida toda.

Eu tenho consciência de que tudo o que eu escrever hoje vai ser lido, então é uma responsabilidade grande. Às vezes, quero escrever algo, mas penso: "Tem meninas e meninos muito novinhos que vão ler", então entro em conflito, porque tenho leitoras e leitores mais velhos também. São detalhes que tenho que pensar muito. Tento fazer com que meus livros sejam românticos e que passem mensagens positivas com boas personagens.

> *Eu tenho consciência de que tudo o que eu escrever hoje vai ser lido, então é uma responsabilidade grande. [...] Tento fazer com que meus livros sejam românticos e que passem mensagens positivas com personagens bons.*

Seus leitores são muito carinhosos, tanto virtual quanto presencialmente. Pode nos contar algo que os leitores fizeram que te marcou e emocionou?

No lançamento de *Fazendo meu filme 4*, em BH, fizemos uma festa de encerramento da série. Foi o máximo! A banda No Voice (que compôs "Linda", a música tema do Leo e da Fani) tocou, eu falei sobre a emoção de ter terminado a história... Mas eu não esperava uma surpresa. Algumas leitoras, que me acompanharam desde o início da minha carreira, levaram uma faixa, uma coroa e me entregaram um Oscar de melhor escritora. Isso me marcou muito! Esse Oscar está no meu escritório.

Paula guarda as cartinhas de todos os leitores, desde o início da carreira.

Aliás, guardo todos os presentes dos leitores, não me desfaço de nada.

Também me emociono com as cartas e com as leitoras antigas que continuam me acompanhando. Duas em especial me marcaram muito. Uma delas teve câncer e levava os livros para quimioterapia, por indicação de uma amiga. Ela me disse que eles a ajudaram, levantaram seu astral... Fizeram com que ela sentisse vontade de viver. A outra leitora me escreveu uma carta dizendo que se cortava, e que os meus livros a fizeram ver a vida de uma forma mais colorida, tirando-a daquilo.

Em que momento você percebeu que precisava ser escritora?

Desde criança. Mesmo que fosse um hobby, eu sabia que tinha que escrever. Acho que foi por causa da minha paixão por leitura, que começou desde muito cedo. Já no 1º ano, ganhei o título de aluna que mais gostava de ler, e minhas redações eram muito elogiadas. Eu sempre ganhava nota alta em Português e Redação. Por isso quis fazer Jornalismo, sabia que a escrita tinha um papel muito grande e importante na minha vida, e queria me profissionalizar nisso. Eu sempre fui muito tímida, então escrever, para mim, era uma válvula de escape, era a forma como conseguia me comunicar. Sempre me expressei bem melhor por escrito do que falando.

A Fani é uma personagem fácil de se identificar. É sonhadora, tímida e apaixonada, como muitas meninas. Em quem você se inspirou para criá-la?

Acho que a Fani tem muito de mim. Também sou sonhadora, tímida e introspectiva (apesar de hoje em dia ter aprendido a falar em público, já que faço muitas palestras). Adoro ficar em casa e sou louca por cinema!

Nós sabemos que você é muito fã da autora Meg Cabot. Quais outras autoras e autores você indica?

A Martha Medeiros é a minha autora nacional predileta. Amo tudo o que ela escreve, e certamente ela me influenciou muito na escrita de crônicas e poemas. De internacional, além da Meg, eu também adoro a J.K. Rowling.

Qual foi o livro mais difícil de escrever? E o mais fácil?

Apesar de ser o meu preferido, *Fazendo meu filme 4* foi o mais difícil de escrever. Em primeiro lugar porque ele ficou muito grande, o livro se recusava a acabar! Além disso, ele é cheio de *flashbacks*, os capítulos se alternam entre o presente e o passado. Ele também tem uma parte narrada pelo Leo, essa foi a primeira vez que escrevi na voz de um menino. Então ele realmente me deu muito trabalho!

O mais fácil foi *Um inverno inesquecível*, especialmente porque eu amei a história! Foi tão leve escrevê-la, que terminei o livro em apenas duas semanas! Eu não queria fazer mais nada, nem dava vontade de dormir, queria só viver naquele inverno, naquele mundo. Foi muito gostoso escrever esse livro! Adorei a Mabel, ela é uma personagem diferente, não é perfeita (na verdade, ela é até meio chatinha no começo). É muito a adolescente que eu fui, de querer ficar com os amigos o tempo todo, de não querer fazer programas familiares... Mas depois ela vai mudando e percebendo o que realmente importa. Ela cresce no

Fazendo meu filme 4, apesar de ser considerado pela Paula o mais trabalhoso de escrever, é também o seu preferido.

Oscar de Melhor Escritora, que Paula recebeu de fãs no lançamento de *Fazendo meu filme 4*.

decorrer do livro. E o Ben também é muito apaixonante, então acho que é um dos meus livros preferidos, certamente um dos que mais gostei de escrever.

Se você pudesse ser alguma de suas personagens, quem você seria?

Essa é uma pergunta difícil, pois eu queria ser todos eles! Mas acho que a Fani, porque ela foi atrás do sonho dela e conseguiu. Além disso, mora em Los Angeles, conquistou o amor da sua vida, tem amigas sensacionais... Mas a vida das minhas outras personagens é bem legal também!

Você tem leitores de idades muito distintas, desde os mais novinhos até aqueles que te acompanhavam quando eram adolescentes, e que agora são adultos. Isso interfere em algo no momento de planejar a história?

Confesso que às vezes fico com muita vontade de fazer uma versão dos livros proibida para menores! Porque as personagens estão crescendo, né? Então tem hora que fico meio sem saída, sem saber se posso escrever algo mais sério, condizente com a idade delas... Mas sempre tento chegar a um meio termo, acho que está dando certo.

Conte-nos um pouquinho sobre como foi conhecer seus leitores de outros países e ver Fazendo meu Filme ser publicado em outros idiomas.

É sempre muito emocionante! Cada e-mail que recebo de leitores de fora me surpreende, ainda custo a acreditar que meus livros são publicados no exterior.

A série Fazendo meu Filme já foi publicada em Portugal, na Espanha e na América Latina.

> *Cada e-mail que recebo de leitoras de fora me surpreende, ainda custo a acreditar que meus livros são publicados no exterior [...] É muito emocionante saber que estou levando a cultura do Brasil para outros países.*

Fui para a Feira do Livro de Portugal (que é o país onde tenho mais leitores depois do Brasil), e nos dois dias em que participei da feira tinha mais de 100 pessoas na fila. Eu não imaginava que teria nem cinco leitores ali, mas fui a autora com a maior fila para autógrafos na feira.

Estive também na Feira do Livro de Guadalajara, na de Buenos Aires, na de Bolonha... É muito emocionante saber que estou levando a cultura do Brasil para outros países.

Você pretende escrever livros de outros gêneros? Policial? Suspense?

Gosto muito de suspense, a Agatha Christie era a minha autora preferida na

Assim como a Priscila, Paula ama animais e tem vários!

adolescência! Só que tenho tantas ideias para romances ainda – tanto com protagonistas adolescentes quanto com um pouco mais adultas – que acho que só vou mudar de gênero quando estiver velhinha!

Mata a nossa curiosidade! Como está a vida da Fani e do Leo?

Posso garantir que eles estão ótimos, juntos e felizes! Mas não quero dar muitos spoilers, vocês terão notícias dos dois através das minhas outras personagens. Então, aguardem!

> *Vivo com a sensação de "dever de casa" o tempo todo, porque tenho tantos livros para escrever, que quando tenho um tempo livre fico achando que deveria estar escrevendo.*

Pode nos falar um pouco sobre projetos futuros?

Vou começar a escrever a 5ª temporada de Minha Vida Fora de Série, ainda não sei se vai ter a 6ª, mas acho que sim. Fazendo meu Filme em Quadrinhos vai continuar também. E tenho planos de uma série para a Juju, que é a sobrinha da Fani, e uma série para a Cecília, a amiga do Leo de *Fazendo meu filme 4*, que é apaixonada por livros. E também tem a minha série de princesas, que ainda está em andamento!

Fazendo meu filme 1 está fazendo 10 anos! O que mudou da Paula de 2008 para a Paula de 2018?

Na essência, não mudei. Só que agora não tenho mais tanto tempo, como eu tinha antes. Vivo com a sensação de "dever de casa" o tempo todo, porque tenho tantos livros para escrever que, quando tenho um tempo livre, fico achando que deveria estar escrevendo. Por isso gosto tanto de viajar: quando estou viajando, me desligo um pouco dessa sensação e até tenho ideias para as histórias. Ah, e mudou também o fato de que agora tenho muitos leitores! Antes eu era alguém que sonhava em ter alguns leitores, agora sei que tudo que eu escrever vai ser lido por alguém. É diferente escrever assim, ao mesmo tempo gratificante e assustador.

E como você vê a Paula Pimenta e seus livros daqui a 10 anos?

Acho que minha essência vai ser sempre a mesma. Espero que daqui a uma década eu ainda esteja me dedicando à escrita. Tenho tantas ideias para novos livros, que provavelmente daqui a 10 anos ainda estarei colocando em prática tudo que tenho em mente. E ainda vai ser pouco... Meu sonho é ser escritora para o resto da vida! ♥

Pingue-pongue

LIVRO: O Diário da Princesa (Meg Cabot)
FILME: De repente 30
SÉRIE: My So-Called Life
BANDA: No Voice
MÚSICA: Linger (The Cranberries)
PESSOA: Só uma?? Não posso falar minha família inteira? 😊
LUGAR: Disney
PERSONAGEM: Fani
SIGNO: Gêmeos, com ascendente em Touro e lua em Escorpião
QUALIDADE: Determinação
DEFEITO: Perfeccionismo
COR PREFERIDA: Rosa-bebê
META: Ser feliz
HOBBY: Viagens, cinema, seriados, leitura...
COMIDA: Fondue de queijo
REDE SOCIAL: Twitter
FLOR: Gérbera
ANIMAL: Gato e cachorro
ESPORTE: Ginástica olímpica (fiz por muitos anos e amo assistir)
INSTRUMENTO: Violão
PRINCESA: Cinderela
PRÍNCIPE: Phillip (da Bela Adormecida)
SONHO: Ter muita inspiração para continuar a escrever muitas histórias pelo resto da vida!

A **infância** e a **adolescência** da escritora de livros cor-de-rosa

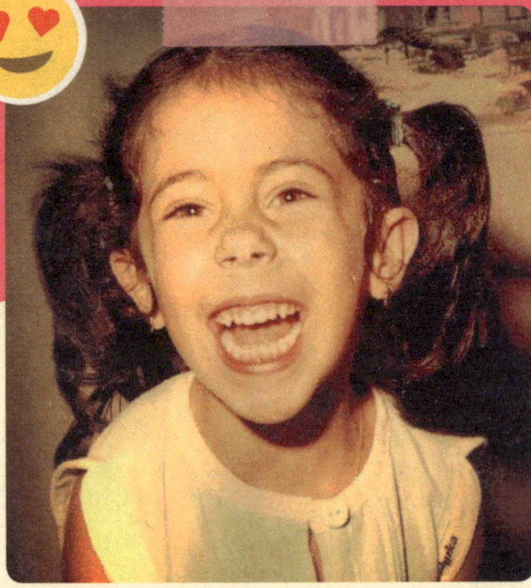

Paula Pimenta aos 4 anos.

PAULA PIMENTA nasceu em Belo Horizonte, Minas Gerais, onde vive até hoje. Aprendeu a ler aos 6 anos de idade e não parou desde então. Sua mãe sempre lia histórias para ela dormir no seu quarto decorado com papel de parede da Branca de Neve (a primeira princesa da Disney que conheceu).

"Eu sempre pedia para a minha mãe ler revistinhas da Mônica e da Luluzinha para mim, só que às vezes ela estava com sono e pulava alguma página, para andar mais rápido. Como eu já sabia as histórias de cor, ralhava: 'Mamãe, você pulou três quadrinhos!'. Então, quando aprendi a ler, foi uma libertação para mim e para ela (risos), eu saí lendo tudo que aparecia!"

Entre seus livros favoritos estavam: *A menina das caretas*, de Elza Cesar Sallouti, que foi sua primeira paixão literária; a Coleção Enrola e Desenrola e a Coleção Vagalume; livros do Pedro Bandeira e do João Carlos Marinho (ela contou que lia tudo o que ele escrevia); e, já no início da adolescência, sua autora do coração era a Agatha Christie.

Mas nem só de histórias vive uma criança, não é? Paula também praticava muitas atividades extracurriculares, como música, teatro, natação, balé, vôlei e ginástica olímpica. Gostava muito de brincar de entrevistar os outros e até se vestia de repórter! Era fã da Xuxa, do Balão Mágico e do Trem da Alegria.

Durante a adolescência, adorava sair e ir a festas, principalmente se tocassem as músicas de suas bandas e cantores favoritos, como RPM e Kid Abelha.

A veia de autora pulsava desde criança, quando começou a escrever seus primeiros rascunhos. Aos 9 anos, suas redações já eram elogiadas. Paula escrevia poemas e criou um livro com sua melhor amiga Renata, intitulado *Nosso livro de poesias*. Aliás, nunca mais parou de escrever poemas, e vários dos que escrevia durante a adolescência entraram em seu livro *Confissão*. Durante sua infância e adolescência, adorava escrever histórias nas últimas páginas do caderno. Mas ela não imaginava que se tornaria uma escritora profissional, pois, quando pequena, se via como repórter, cantora ou veterinária!

A adolescência de Paula foi muito feliz e emocionante, repleta de amizades,

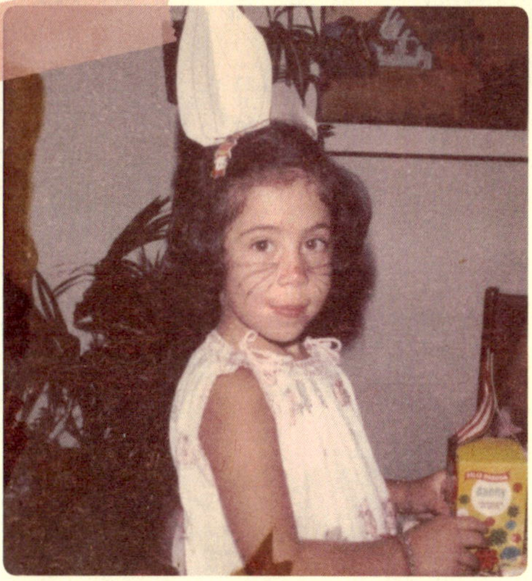

Paula comemorando a Páscoa na infância.

paqueras e amores platônicos. Mas o início dessa fase foi meio complicado. Sua melhor amiga (a Renata, já citada ali atrás) estava de mudança para outra cidade e, para não sentir muito a falta dela, Paula pediu para que os pais a mudassem de escola. Só não esperava que os alunos do colégio novo iriam excluí-la por ser uma novata. Mas ela montou um plano para driblar o bullying:

"Eu era muito tímida, mas, no alto dos meus 13 anos, pensei: 'Esse pessoal vai ver só!'. Então dei uma festa de final de ano para a turma da minha sala; teve até DJ! Todo mundo ficou comentando, e no ano seguinte todos queriam andar comigo."

Sua vida passou a ficar tão agitada que, quando teve a oportunidade de fazer intercâmbio, ela sofreu bastante... Assim como uma certa personagem, lembram? Foi difícil porque tinha muitos amigos e pessoas especiais no Brasil, e teve que largar tudo para passar um tempo em outro país.

A adolescência realmente foi uma fase tão boa na vida da autora que muitos fatos que aconteceram com ela foram para as páginas dos livros.

"Acho que se eu fosse uma adolescente nos dias de hoje, iria seguir a moda, mas sempre gostei do que os meus pais gostavam também, especialmente as músicas mais antigas. Com certeza eu teria um canal no YouTube e escreveria em um blog. Na verdade, acho que nunca deixei de ser adolescente. Meu jeito e minhas paixões são praticamente as mesmas... Ainda gosto de tudo que gostava naquela época."

Paula Pimenta aos 16 anos.

"Se eu pudesse voltar no tempo, eu falaria com a Paula de 16 anos para não sofrer tanto por amor (porque eu sofria demais), para investir mais no amor próprio e nas suas paixões, que sempre foram a música e a escrita. A base da felicidade é saber se valorizar, e gostaria de ter aprendido isso mais cedo." ♥

Gabi e **Natália:** as melhores amigas da Fani

“O que eu estou querendo te mostrar, Fani, é que você vive no mundo da fantasia. Nenhum desses amores que você acha que teve foram reais. Está na hora de você ter um amor de verdade!”

Gabi, *Fazendo meu filme 1*

LOGO NO INÍCIO DA SÉRIE Fazendo meu Filme, conhecemos a Gabi e a Natália, melhores amigas da Fani. A Gabi é a amiga realista, sincera e conselheira. Já a Natália é romântica, festeira e espontânea. Cada uma delas, com seu jeitinho único, conquistou a amizade da Fani e o carinho de milhares de leitores.

Mas você sabia que, para criar as duas personagens, a Paula Pimenta tirou um pouco de inspiração de duas grandes amigas da adolescência?

A Daniela inspirou a personagem Gabi, e a Fabiana inspirou a Natália.

“Eu, hein, viver sem estar apaixonada é muito ruim.”

Natália, *Fazendo meu filme 1*

Da esquerda para a direita: Fabiana, Paula e Daniela.

Confira a entrevista com a Daniela e a Fabiana, que contaram sobre como foi ver a adolescência delas se tornar inspiração para uma série de livros:

Vocês foram as inspirações para duas personagens muito importantes de Fazendo meu Filme: as melhores amigas da Fani. O que vocês pensam sobre isso?

DANIELA: Um verdadeiro presente! Chorei muito quando li pela primeira vez... E quando fui em um lançamento e a Paula disse no microfone: "Gente, hoje tem uma pessoa muito especial aqui! A Dani! Gente, a Dani é a Gabi da minha vida!", eu chorei também! 😊

FABIANA: Fiquei super feliz e lisonjeada. Foi uma fase muito boa de nossas vidas e muito marcante.

Como vocês se conheceram?

DANIELA: Éramos vizinhas desde os 9 anos. Minha casa era (é até hoje, né?) ao lado da dela. Um belo dia, ela e o Bruno (irmão da Paula) estavam na janela da casa deles, e eu e meu irmão na janela da nossa. Eles perguntaram se queríamos brincar, e fomos para a rua brincar juntos.

FABIANA: Nós nos conhecemos no colégio, em Belo Horizonte. Nós duas éramos novatas na escola. Depois, por coincidência, ela também conhecia uma grande amiga minha.

Como foi a adolescência de vocês?

DANIELA: Intensa, gostosa, praticamente não havia perigo nas ruas. Ficávamos horas na porta de casa, conversando ou tramando alguma coisa.... Foi uma adolescência cheia de sonhos! Saíamos nos finais de semana, sábado íamos para o clube, festas, barzinhos, algum evento importante que acontecesse, ou ficávamos uma na casa da outra. Nos divertíamos muito!

FABIANA: Nossa adolescência foi muito boa. Viagens, passeios, alegrias, festas e muita imaginação. Tínhamos a inocência da idade misturada com os sonhos românticos e dias muito felizes. Sonhamos, rimos, choramos, e nos decepcionamos bastante também... E sempre uma tinha a palavra de consolo para ajudar a outra.

O intercâmbio que a Paula fez durante a adolescência também a inspirou muito. Podem nos contar algum caso dessa época?

DANIELA: Éramos tão grudadas, que foi triste vê-la partir para ficar um ano longe. A despedida no aeroporto foi um verdadeiro evento! Escrevia carta para ela todos os dias! Tinha prometido mandar cartas contando tudo o que acontecia com o menino que ela gostava (que por sinal inspirou o Leo). Um caso que gostei de escrever para ela foi o do rolo de barbante. Sabia que ela ia ficar contente! Em uma atividade prática, a professora deu um rolo de barbante para um aluno, que deveria segurar a ponta e entregar para uma outra pessoa que gostasse muito e dizer o porquê. E a que recebeu devia fazer a mesma coisa, segurar num pedaço e entregar o rolo para alguém que gostasse. E assim o rolo de barbante ia se desenrolando de mão em mão, de maneira que a sala toda ficou interligada pelo barbante. O objetivo era mostrar que estávamos todos ligados pelo afeto.

Quando esse menino que ela gostava recebeu o rolo de barbante, eu já fiquei esperta! Tinha que prestar atenção para quem ele daria o rolo para contar a ela, porque eu sabia que a Paula ia me perguntar tudo depois. O garoto ficou olhando para aquele rolo de barbante, pensou, pensou... Ficou todo mundo no maior silêncio esperando, porque ele estava demorando muito! Então ele olhou para mim e estendeu a mão!

Fabiana e Paula são amigas até hoje!

Peguei o rolo e fiquei esperando a explicação. Meio envergonhado, ele disse que queria dar para a Paula, mas como ela não estava mais na sala, ele estava me dando porque eu fazia ele se lembrar dela, já que éramos melhores amigas. E ainda disse que estava sentindo muita saudade! Escrevi a carta e mandei para ela o mais rápido que pude! Sabia que ela ia gostar de saber e ficar feliz! Vocês se lembram dessa cena em *Fazendo meu filme 2*?

FABIANA: Lembro muito desse dia, do caso do barbante. Tomei um susto danado quando ele fez isso... E tinha uma menina na sala que dava em cima dele, e ela fez a maior cara de ódio! Todo mundo ficou de boca aberta. Ele era o popular da sala, sabe?

Na época do intercâmbio da Paula, nós estávamos no auge da escola, cheias de paqueras, festas e muitas coisas acontecendo. Uma época muito boa. Quando foi chegando perto da viagem dela, foi dando uma tristeza em todas nós (éramos um trio: eu, ela e a Dani). Ela queria ir, mas ficava triste. A ida dela para outro país iria quebrar alguma coisa, faltaria um pedaço... Foi bem complicado para nós...

Então a Paula e eu fizemos um acordo: nós mandaríamos uma carta por dia uma para a outra e uma vez por mês telefonaríamos, porque, na época, não existia celular nem e-mail. Nas cartas eu contaria para ela tudo que tinha acontecido nas aulas, falaria das nossas paqueras e o que estava acontecendo de novidades. E nós cumprimos o acordo pelo tempo que ela ficou fora! Tenho as cartas até hoje!

Algo em especial em Fazendo meu Filme foi muito parecido com a vida real?

DANIELA: Muitas coisas são parecidas! A organização do intercâmbio, desde a entrevista até o embarque. A Paula queria ir, mas também queria ficar, não queria deixar seus amores para trás. Sua vida agitada, suas amigas, sua família...

Tem também a paixão pelo professor de biologia e as nossas análises doidas sobre cada movimento dele! A troca de CDs com as músicas que eram importantes naquele momento (mas na época eram fitas cassetes!). A festa surpresa para o "Leo" na primeira HQ também foi bem parecida com algo que aconteceu de verdade...

Lembro também que ela anotava algumas frases na época, dizendo: "Amei essa frase! Vou anotar aqui para quando eu escrever meu livro!". E hoje penso: Não é que a danada conseguiu mesmo? Tenho muito orgulho dela!

FABIANA: O primeiro livro é muito real, vários casos foram reais e me fizeram relembrar todas as cenas. Por exemplo, a parte em que a Natália pede para o pai, que é bem bravo, levar o menino para o aeroporto para se despedir da Fani, aconteceu de verdade. Meu pai tinha fama de bravo e sempre nos buscava e levava em vários lugares. No dia da ida dela para o intercâmbio, eu realmente busquei esse menino que ela gostava com meu pai e fiz essa surpresa para a Paula no aeroporto.

Paula, Daniela e os filhos no lançamento de *Apaixonada por Palavras*.

Daniela, gostaríamos que você contasse sobre o caso das baratas, que inspirou uma crônica no livro *Apaixonada por Histórias*, e o caso dos livros de depoimentos na escola, que inspirou uma cena em *Fazendo meu filme 1*. Você se lembra desses episódios?

DANIELA: Primeiro caso: "As baratas". Na época, a gente tinha aula de geografia e não gostávamos. Pensando em alguma ideia para atrapalhar a aula, surgiu essa! Combinamos de encontrar na rua à noite, cada uma com seu irmão, lógico, porque nós não íamos ter coragem para pegá-las. A Paula levou um pote de vidro grande e o enchemos de baratas! Ela guardou na casa dela até o dia seguinte e levou dentro da mochila para a escola.

Chegando lá, entregamos o vidro para dois amigos, que participaram dos planos com a gente. Depois de uns quinze minutos do começo da aula, nos entreolhamos. Era a hora! Um dos nossos amigos tirou o vidro da mochila, virou de cabeça pra baixo e abriu! Saiu barata para todo lado! A Paula, rapidamente, subiu na cadeira e gritou: "Barata! Barata!". Foi uma gritaria só! Lembro da professora, pedindo calma e matando uma barata com uma pisada. "Pronto gente, já matei!", disse ela. Mas aí viu outra... Com uma "cara de ponto de interrogação" (usávamos muito essa expressão quando víamos alguém meio perdido em alguma situação), foi lá e matou também! Mas aí, ainda com o pé em cima da segunda barata, já viu mais umas cinco pela frente... Então ela entendeu tudo, saiu da sala e foi chamar a coordenadora! Nós conseguimos ficar sem aula e um "inquérito" para saber quem tinha armado aquilo foi instaurado! Ninguém confessou e ninguém "entregou" ninguém! Mas nosso amigo, que já era famoso pela bagunça, levou a culpa e foi suspenso. Eu, a Paula e o outro amigo faltamos nos mesmos dias da tal suspensão, em solidariedade...

Agora, sobre o caso dos depoimentos, nós tínhamos uma aula que era muito legal, acho que era para a interação da sala, geralmente faziam mais para o final de semestre...

Cada aluno recebia uma folha em branco e escrevia seu nome no topo da página. As folhas passavam de aluno para aluno, e tínhamos que escrever o que achávamos do colega (dono da folha) em poucas palavras e dobrar para que ninguém visse o que o outro tinha escrito, de maneira que, no final, a folha ficava toda dobradinha, tipo um leque! Apenas o dono da folha leria os depoimentos no final. Mas quando a folha de quem a gente tinha interesse chegava para a gente, desdobrávamos tudo para ler o que tinham escrito deles. Principalmente o que as outras meninas tinham escrito e o que eles tinham escrito nas folhas das meninas... Já conhecíamos as letras de todo mundo!

Qual é a melhor lembrança que vocês têm da Paula?

DANIELA: São muitas! Difícil escolher uma lembrança, tudo foi especial, mas lembro com muito carinho de nós duas sentadas no chão, na calçada de casa, com nossas agendas que eram verdadeiros diários, escrevendo dia a dia o que tinha acontecido e comentando. A gente contava os sonhos que tínhamos tido na noite anterior, ríamos muito e ela sempre falava: "Aaaahhhh Dani, a gente é muito feliz! Um dia ainda vou escrever um livro!".

FABIANA: Tenho várias recordações boas com a Paula... Ela fez parte da minha vida em um momento muito importante e fez esse momento se tornar mágico. Não tenho dúvida de que essa fase que passamos juntas, que ela descreveu no *Fazendo meu filme 1*, foi a melhor e mais importante!

Vocês sempre acharam que a Paula seria escritora? Como veem o sucesso dos livros dela hoje?

DANIELA: Eu achava que ela seria uma jornalista famosa, porque falava que queria fazer jornalismo! Nas festas à fantasia,

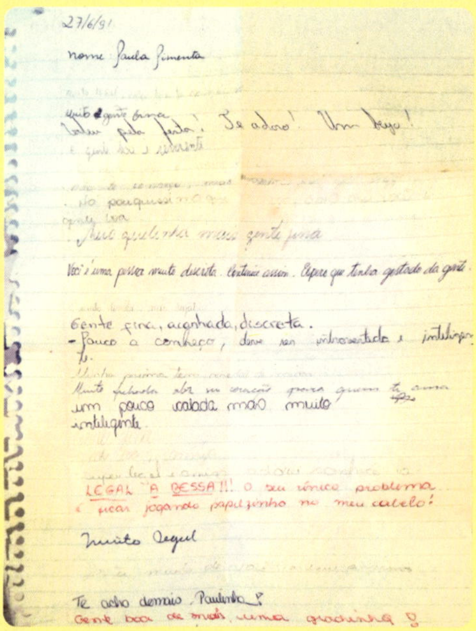

Página de depoimentos dos alunos do colégio da Paula Pimenta em 1991. Essa atividade inspirou uma cena importante da série.

Agenda que a Paula usava como diário na adolescência, e de onde tirou inspiração e recordações para escrever a série. Nesta página ela escreveu sobre sua ida para a Pensilvânia em intercâmbio.

que eram moda na época, as meninas iam de princesa, de paquita, de pijama, e a Paula ia sempre de repórter! Mas quando começou a falar dos livros, já imaginei que faria sucesso, sim. E hoje não me surpreendo com isso! Paula é muito carinhosa e gosta de receber carinho também! Uma pessoa totalmente do bem. É tão fácil gostar dela! Fico feliz demais por ela ter encontrado este caminho, e vê-la nos lançamentos totalmente entregue de coração para cada uma daquelas pessoas – e o mais importante: feliz da vida – me enche de orgulho!

FABIANA: Fiquei sabendo do livro quando ela foi morar fora pela segunda vez, nós trocávamos e-mails. Ela me contou a ideia, e eu dei a maior força para ela seguir com o projeto, e em alguns casos ajudei a reforçar a memória. Hoje fico superfeliz, encantada e admirada pelo sucesso e merecimento, pelo talento e pelo prazer com que ela escreve os livros e vive a vida! Sonhadora, leve, feliz e com uma imaginação super fértil!

Daniela, em que aspecto você se considera mais parecida com a Gabi?

DANIELA: Eu era muito conselheira e prática! Sou ainda... Paula sempre foi muito sonhadora, ia longe na imaginação! Eu "puxava a corda" e falava: volta para a Terra, Paula! Não curtia me vestir com vestidos, saias... Tinha um estilo mais básico. Calça jeans, tênis e camiseta.

Com as minhas amigas, sou daquelas que você pode chamar a qualquer hora para qualquer coisa. Gosto de SER amiga, de estar junto para rir, para chorar, seja de felicidade, tristeza ou de bobeira mesmo! Gosto sempre de ver o outro lado em uma situação chata!

Fabiana, quais são as principais semelhanças e diferenças entre você e a Natália?

FABIANA: Nunca fui loira e nem tive cabelo liso! Haha. A Dani era loira, e eu, morena. A Paula misturou essa parte de nós duas. Mas, assim como a Natália, eu sou muito vaidosa, sempre fui muito apaixonada, era louca por uma vida com um determinado menino. O meu pai era bravo como o da personagem! Sempre apoiei a Paula nas alegrias, tristezas e loucuras e sempre a acompanhei nas festas, como a Natália faz com a Fani. Ah, e não me casei com o irmão da Paula, como aconteceu com a Natália e o Alberto! Hahaha!

Daniela, a Paula disse que você é quem dava os melhores conselhos para ela. Que conselho você daria hoje?

DANIELA: Hoje, hoje, hoje.... Ah, eu já até falei com ela! Quando ela me disse que estava grávida, falei para ela aproveitar cada minuto, porque é muito bom ser mãe! Completo dizendo que apliquei na prática da educação dos meus filhos muito do que eu aprendi junto dela! Que junto do Kiko, viva intensamente essa fase linda que estava lá nos nossos sonhos antigos e se tornou realidade! Que ela se inspire de novo naqueles tempos para aproveitar cada minuto e mostrar para a Mabelzinha que este mundo pode, sim, ser diferente se a gente tiver amigos verdadeiros, amar a natureza e os animais! Certamente é o começo de uma fase inspiradora que vai render muitas histórias lindas pra gente ler! ♥

O **primeiro** livro

Você sabia que o primeiro livro de poemas escrito pela Paula Pimenta não foi *Confissão*, e sim um que escreveu em parceria com Renata, uma grande amiga de infância?

RENATA E PAULA se conheceram no colégio quando tinham 3 anos de idade, mas só se tornaram melhores amigas no quinto ano do ensino fundamental. Aquele era um momento em que a Renata precisava muito de uma boa amiga, pois seus pais estavam se separando. O que recordam com mais saudade dessa época é que elas tinham o mesmo gosto musical, então a mãe e a tia da Paula levavam as duas para vários shows de bandas dos anos 80. Elas até conheceram os integrantes da banda RPM! Esse episódio inclusive inspirou a crônica "Amor de fã", que foi publicada no livro *Apaixonada por histórias*.

Ambas eram muito boas nas aulas de língua portuguesa e literatura, e, em uma tarde na casa da Paula, resolveram escrever esse livro juntas, cada uma contribuindo com algumas poesias. "Era um livro simples, porém de conteúdo significativo. Retratava nossos sentimentos da época. Escrevíamos

Capa do livro de poesias feito por Paula e Renata em 1986.

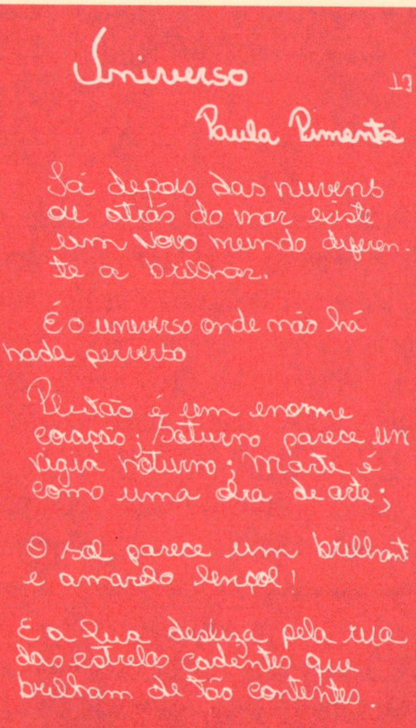

Poema de Paula Pimenta retirado do livro que escreveu com Renata.

sobre, amizade, animais, saudade... Colocávamos no papel a nossa visão de mundo daquela época infanto-juvenil", disse Renata.

Renata conta que nunca duvidou do talento da Paula com as palavras, e assim que leu *Fazendo meu filme 1* soube que seria um sucesso! "Sempre me deu muito prazer ler as obras da Paula. Além de conseguir enxergar muitas características daquela minha amiga da infância em algumas das personagens, sobretudo a Fani, as histórias são muito bem desenvolvidas e conseguem prender o leitor do início ao fim! Todas as ideias e situações são muito bem concatenadas, nenhum detalhe passa desapercebido no volume seguinte, o que desperta no leitor aquele gostinho de 'quero mais' e avidez pela leitura", comenta a amiga.

Ansiosa para ver todos os livros da Paula nas telas de cinema (o que deve acontecer em breve), Renata diz que sucesso é a palavra que define a carreira da amiga. "Como ela escreve com sentimento e verdade, não teria como ser diferente esta bela trajetória. E assim também o será quando o cinema retratar suas histórias", conclui. ♥

♥ O livro intercalava poesias das duas autoras mirins.

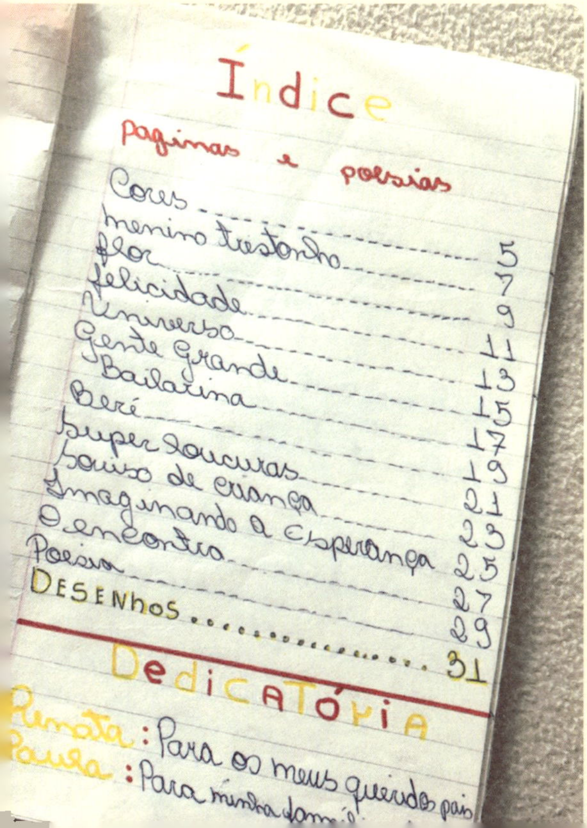

♥ Paula e Renata durante a sessão de autógrafos de *Apaixonada por palavras*.

Lembranças

Paula e sua mãe, Maria Eugenia.

NOS BASTIDORES da vida da Paula tem várias pessoas especiais que a ajudaram a realizar seus sonhos. O pai, as tias, as primas, a mãe... E é exatamente esta última que vai contar como tudo começou quando a Paula ainda era criança, e como ela achou importante plantar a sementinha da imaginação no coração e na mente da filha dando-lhe livros e lendo-os para ela... Foram várias histórias infantis e contos de fadas, como Branca de Neve, Chapeuzinho Vermelho e muitos outros, que despertaram sua curiosidade e sua paixão pela leitura.

Mas antes mesmo de aprender a usar as palavras, Paula já se expressava com desenhos e cores. "Ela desenhava, e os desenhos dela diziam muito... Mais tarde, quando foi alfabetizada, se manifestava escrevendo. Deixava bilhetes, recados, e escrevia versos e frases em várias ocasiões. Sempre gostou muito de escrever", disse Maria Eugenia.

Os quadrinhos da Turma da Mônica eram especiais para Paula, que já era fã antes mesmo de aprender a ler. A mãe, vendo o interesse da filha pelas tirinhas, fez questão de levá-la para conhecer o autor daquelas histórias que tanto a encantavam. "A vinda do Maurício de Sousa a Belo Horizonte tinha que ser prestigiada por ela. Até hoje a Paula guarda o autógrafo dele, e também as inúmeras revistinhas."

Paula, em 2015, com Maurício de Sousa, seu escritor favorito da infância, e o autógrafo que recebeu em 1981, quando o conheceu pela primeira vez.

Os anos passaram, e, mesmo com os pequenos indícios de que aquela jovem poderia se tornar uma escritora um dia, a mãe imaginava que a filha teria outra carreira.

"Sinceramente, nunca pensei que a Paula seria escritora. Percebi logo que ela gostava muito de escrever, que provavelmente iria continuar em alguma área relacionada à escrita, mas não achei que seria escritora... Ela gostava muito de música, adorava cantar, dançar, fazer teatro e amava os animais. Pensei que pudesse se destacar em algum desses interesses ou que quisesse ser veterinária."

Paula teve uma infância feliz e divertida!

Então chegou a adolescência, e Maria Eugenia achou que estava na hora da filha viver uma experiência completamente enriquecedora: um intercâmbio. "Nessa época, a Paula já gostava muito de escrever e tinha escolhido ser jornalista. No colégio, se destacava nas aulas de português e redação. Ia a muitas festas, shows, teatros e tinha muitos amigos." E foi justamente essa viagem, e as alegrias e dificuldades que ela passou longe de sua vida agitada no Brasil, que inspirou tanto a Paula a escrever *Fazendo meu filme*.

Em um segundo intercâmbio, dessa vez para Londres, Paula escreveu a história que anos depois se tornaria um best-seller. Adivinha quem foi a primeira leitora? Sua mãe! "Eu fui lendo *Fazendo meu filme* à medida que ela escrevia e me enviava os capítulos por e-mail. A cada página me admirava e me orgulhava mais da capacidade dela de colocar no papel todas as emoções da história da Fani, e vi muito da própria vida da Paula e do jeito dela de ser... Mas a personalidade da mãe da Fani é totalmente diferente da minha!"

"Ajudei principalmente no título, que inicialmente seria *O filme da minha vida*. Eu tenho um colega que era orientador na editora da cooperativa médica e sugeri que a Paula levasse o livro para que ele pudesse ler e lhe dar alguns conselhos, já que ninguém da área editorial havia lido ainda. Ele leu rapidamente e respondeu dizendo que tinha adorado, que o livro iria agradar a todas as faixas etárias. A única ressalva que ele fez foi em relação ao título, que achou muito sério e que não passava a "explosão de juventude" que o livro continha. Nós ficamos pensando e eu lembrei que os jovens usam muito a expressão 'fiz meu filme' no sentido de 'me dei bem, me garanti', então dei a ideia de colocar *Fazendo meu filme*, pois, além da gíria, tinha tudo a ver com a vontade da personagem de estudar cinema."

E o que começou com a mãe contando histórias antes de dormir resultou em uma série de livros com mais de 1 milhão de exemplares vendidos, filas de autógrafos imensas e muitos sonhos realizados.

"Percebi que ela era uma escritora famosa em São Paulo no lançamento de

Fazendo meu filme 4. Fiquei assustada e impressionada com a fila e com a quantidade de leitoras gritando! Parecia o 'Xou da Xuxa', que eu havia levado a Paula e suas amigas tantas vezes, só que, no caso, a pessoa principal era ela, minha filha! Foi uma emoção indescritível!"

E quem acha que Maria Eugenia só faz o papel de mãe está muito enganado! Ela é a fã número 1 de *Fazendo meu filme*! Sua personagem favorita é a Fani e gosta de tudo nela, principalmente porque resume muitas influências da vida da Paula. "A Fani é como uma filha para mim!", diz ela.

Sobre o futuro, a mãe sabe que muita coisa boa está sendo planejada pela filha, e que o "era uma vez..." está apenas começando.

"Visualizo muita coisa que está por vir! Se a Paula pudesse publicar todos os livros que estão na cabeça dela de uma só vez... Pena que muita coisa envolve um livro, e tudo o que vem em seguida! O tempo é curto para tudo que ela ainda quer escrever. Mas ela ainda é nova e poderá colocar no papel muitas de suas ideias. Tenho certeza de que quem sairá lucrando serão sempre as leitoras!" ♥

Paula e seu pai, Itamar, um grande incentivador de seu trabalho como autora.

Paula e seu irmão Bruno, vocalista da banda No Voice, grupo musical favorito dos personagens da série.

Paula e sua avó, Mary.

Família reunida no lançamento da primeira edição de *Fazendo meu filme 1*.

Paula e seu marido, Kiko.

Paula Pimenta na Bienal do Livro de Minas, em 2014, com os totens da Fani e do Leo em comemoração ao lançamento de *Fazendo meu filme em quadrinhos*.

Sessão de autógrafos de *Fazendo meu filme 3*.

Lançamento de *Minha vida fora de série 3* em Natal.

Paula Pimenta e suas primas Elisa e Ana, que são sempre as primeiras a ler suas histórias.

Paula Pimenta comemora os 5 anos da série Fazendo meu Filme.

Os (filhos) **pets** da Paula

Miu Miu

Sem raça definida

Idade: 8 anos.
Personalidade: bravo, ranzinza, mas muito carinhoso quando quer.

Snow

Mistura de persa com angorá

Idade: 6 anos.
Personalidade: carente e medrosa, parece uma eterna filhotinha.

Pretinha

Sem raça definida

Idade: pelo menos 9 anos (quando eu a encontrei, ela já era adulta e o Miu Miu tinha um ano).
Personalidade: muito mansa, "agarrada", adora dormir abraçada com a gente.

Estrela

Cocker spaniel

Idade: 13 anos.
Personalidade: gulosa, mansa, gosta de ficar sempre perto de alguém.

Godo
(Godofredo Mequetrefe)

Cocker spaniel (filho da Estrela)

Idade: 11 anos.
Personalidade: um nenenzão!

Hermione

Dobermann

Idade: 11 anos.
Personalidade: muito amiga e companheira. Se acha uma cocker spaniel!

Winnie

Bichon frisé

Idade: eu a encontrei na rua em agosto de 2011, e na época veterinários estimaram que ela teria uns 3 anos. Então hoje ela deve ter uns 10 anos.
Personalidade: carente e muito carinhosa.

Estopa (Juju)

Mestiça de poodle

Idade: Deve ter mais de 10 (foi encontrada na rua).
Personalidade: carente e educada.

Bambina

Sem raça definida
(filha do Godo e da Juju)

Idade: 2 anos.
Personalidade: é a menininha da casa. Muito carinhosa.

Honey Honey, Candy Crush, Caramel Chew Chew, Vanilla Ice, Cupcake e Porquinha.

Lionhead

CURIOSIDADES:

Alguns dos pets da Paula já foram estrelas das capas de seus livros. Veja só:

Os pets também apareceram no livro de crônicas *Apaixonada por histórias*:
Estrela e Godo: "Doença Incurável", p. 94
Pretinha: "Amor Maternal", p. 110
Miu Miu e Snow: "Gatos", p. 124
Winnie: "Winnie", p. 133

Minha vida fora de série 2

Estrela e Snow

Minha vida fora de série 3

Mr. Bunny (in memoriam)

Minha vida fora de série 4

Miu Miu

“

A **Fani** adora anotar trechos de seus filmes de amorzinho! **Esses são os favoritos da Paula!** Quais são os seus?

Dias tornaram-se semanas, semanas tornaram-se meses. E então, um dia, eu fui para a minha máquina de escrever, me sentei e escrevi a nossa história. Uma história sobre uma época, uma história sobre um lugar, uma história sobre as pessoas. Mas, acima de tudo, uma história sobre amor. Um amor que irá viver para sempre.

(Moulin Rouge – Amor em vermelho)
Fazendo meu filme 1 e 4

Steve: Por que você só come as balas marrons?
Mary: Porque uma vez alguém me disse que elas têm menos cores artificiais, já que chocolate é marrom mesmo, e isso ficou na minha cabeça.
Steve: Você ficou na minha cabeça.

(O casamento dos meus sonhos)
Fazendo meu filme 1, capítulo 41

O Condutor: Algumas vezes as coisas mais reais deste mundo são as que a gente não pode ver.

(O Expresso Polar)
Fazendo meu filme 1, capítulo 24

Kathleen Kelly: Eu ligo meu computador. Espero impacientemente a conexão. Estou online e minha respiração fica presa até eu ouvir três palavras: mensagem para você. Não ouço nada, nenhum som nas ruas de Nova York. Só o bater do meu coração. Recebi uma mensagem. De você.

(Mensagem pra você)
Fazendo meu filme 1, capítulo 47

Annie: Isso era quando as pessoas sabiam como estar apaixonadas. Elas sabiam! Tempo, distância, nada podia separá-las, porque elas sabiam. Isso estava certo. Isso era real. Isso era...
Becky: Um filme! Esse é o seu problema! Você não quer estar apaixonada. Você quer estar apaixonada dentro de um filme!

(Sintonia de amor)
Fazendo meu filme 1, capítulo 39

Kat: Eu odeio o fato de você sempre ter razão. Eu odeio quando você mente. Eu odeio quando você me faz rir. Mais ainda quando me faz chorar. Eu odeio quando você não está por perto. E por você não ter me ligado. Mas mais que tudo, odeio como eu não te odeio. Nem um pouco, nem por um segundo, nem por nada.

(Dez coisas que eu odeio em você)
Fazendo meu filme 1, capítulo 48

Harry: Eu amo quando você sente frio mesmo que faça 22 graus lá fora. Amo que você leve uma hora e meia pra pedir um sanduíche. Amo essa sua ruguinha na testa quando você olha pra mim como se eu fosse doido. Eu amo sentir o seu perfume nas minhas roupas depois de passar o dia com você. E eu amo que você seja a última pessoa com quem quero falar antes de dormir. E não é porque estou solitário, nem porque é Réveillon. Vim aqui esta noite porque, quando você percebe que quer passar o resto da sua vida com alguém, você quer que o resto da sua vida comece o mais cedo possível.

(Harry & Sally - Feitos um para o outro)
Fazendo meu filme 1, capítulo 50

Carolina jovem: Você não fez isso comigo! Você não mandou embora o grande amor da sua vida!
Carolina: O grande amor da minha vida... Não é coincidência demais, com tantos homens no mundo, o grande amor da minha vida ter aparecido justo na minha vida?

(A dona da história)
Fazendo meu filme 2, capítulo 6

Sr. Leezak: Você nunca vê os dias ruins em um álbum de fotografias. Mas são esses os dias que o levam de uma foto feliz até a próxima.

(Recém-casados)
Fazendo meu filme 3, capítulo 38

Anna Scott: Apesar de tudo... Eu sou apenas uma garota, parada na frente de um rapaz, pedindo a ele para amá-la.

(Um lugar chamado Notting Hill)
Fazendo meu filme 3, capítulo 13

Fenoglio: Ah, sim. Você quer ser escritora...
Meggie: Você fala como se isso fosse algo ruim.
Fenoglio: Não, não. Apenas solitário. Às vezes, o mundo que você cria parece bem mais amigável e vivo do que o que realmente habita.
Meggie: Eu queria poder estar nele...

(Coração de tinta - O livro mágico)
Fazendo meu filme 4, capítulo 25 [parte Fani]

VOCÊ SABIA?

1

Por tradição, o primeiro lançamento de todo livro é sempre feito em Belo Horizonte. Afinal, Fazendo meu Filme "nasceu" nessa cidade, e a maioria das personagens também é de BH.

2

A série Fazendo meu Filme já vendeu mais de 600.000 exemplares, sendo que o volume 1 já está na 23ª edição.

3

Existe a versão em inglês de *Fazendo meu filme 1*, com o título *Shooting my life's script*. Ela é muito utilizada por brasileiros para estudar o idioma.

4

Paula Pimenta tem muitos leitores em Portugal, onde já publicou quase todos os seus livros. Além disso, suas obras também são vendidas em outros lugares do mundo, como Espanha, Itália e América Latina.

5

A Paula já esteve em 20 capitais do Brasil para sessões de autógrafos.

6

Paula teve que se conter um pouco para escrever *Fazendo meu filme 4*, porque o livro estava ficando muito grande (quase virou dois livros!). Mas, no fim das contas, ela gostou muito do resultado!

7

Ao todo, os livros da Paula Pimenta publicados pelo Grupo Autêntica já ultrapassaram a marca de 1.300.000 exemplares vendidos!

8

Paula foi para a escola aos 3 anos e só aceitou ficar porque lá tinha vários coelhinhos.

9

Paula Pimenta já repetiu de ano (1º ano do ensino médio) e ficou chateada na época, mas por causa disso mudou para um colégio muito mais legal, onde fez grandes amizades. Muitas histórias que viveu lá serviram de inspiração para seus livros.

10

Assim como a Fani, Paula Pimenta também foi intercambista quando era adolescente.

PAULA PIMENTA

A **autora** que (literalmente) **embarca** na **história**!

SE EU NÃO CONHEÇO O LUGAR, preciso conhecê-lo para escrever. Quando ia começar a escrever *Fazendo meu filme 4*, ainda não conhecia Los Angeles, então ganhei como presente da Rejane, diretora do Grupo Autêntica, uma semana de viagem para fazer pesquisa. E eu fiz mesmo! Anotei e gravei tudo sobre todos os lugares onde eu ia.

Lá eu tive ideias de cenas inteiras na minha cabeça. Estava aproveitando a viagem, mas não via a hora de sentar e escrever tudo.

Fui na Warner Studios e pensei: “Nossa, a Fani vai fazer estágio aqui!”. Também procurei uma faculdade que não fosse muito grande, e mais fácil para a Fani ser aceita, então conheci a Columbia e até conversei com os profissionais de lá.

Acho que por isso *Fazendo meu filme 4* é o meu livro favorito, porque ficou tão real! Eu vi a Fani ali! Até hoje, quando viajo para Los Angeles, vou à rua dela para “visitá-la”. É como se ela fosse uma amiga mesmo. E tudo isso aconteceu exatamente por essa pesquisa ter sido tão concreta.

Foi incrível, e agora faço questão de sempre conhecer o lugar sobre o qual vou escrever. O livro fica mais verdadeiro, e você tem muito mais ideias.

Intercâmbio para Los Angeles (Estados Unidos), onde as leitoras puderam reviver os passos da Fani em *Fazendo meu filme 4*.

Intercâmbio para Vancouver (Canadá).

Já pensou em viajar com sua **escritora favorita**?

TUDO COMEÇOU quando uma das minhas melhores amigas, a Mariana (que acompanhou muito o processo de escrita dos meus livros), falou sobre como seria legal se eu pudesse viajar com as minhas leitoras para os cenários das histórias. Então fechamos uma parceria com uma agência de viagens, e o que era só um plano se concretizou.

O primeiro foi uma espécie de teste, apenas com quatro leitoras. Nós fomos para Vancouver, as meninas amaram e eu também! E foi por isso que eu quis repetir.

No segundo já foram quinze garotas, e viajamos pra Brighton, na Inglaterra. Ir para lá com minhas leitoras foi muito marcante, porque foi dessa cidade que tirei a maior parte da minha inspiração

Viagem para Toronto (Canadá). Lá as leitoras puderam conhecer mais sobre os cenários de *Minha vida fora de série 4* e participar da pesquisa junto com a autora.

Intercâmbio para Brighton (Inglaterra), onde se passa *Fazendo meu filme 2.*

para *Fazendo meu filme* 2. Além disso, as meninas puderam ver de perto todos os locais citados no livro. Foi tudo muito emocionante!

A terceira viagem foi para Los Angeles, e visitamos até a faculdade da Fani. Passamos pela rua onde ela mora na história, pelo local onde ela fez estágio e muito mais! Dessa vez foram catorze leitoras, e pude mostrar para elas todos os cenários de *Fazendo meu filme* 4.

Nessas viagens eu volto à adolescência! As meninas me tratam como se eu fosse a Fani, e não a autora. Eu deixo de ser a Paula escritora e viro apenas uma amiga delas.

Além de viver um pouco do universo dos meus livros, outra coisa interessante é que elas têm a experiência de um intercâmbio de verdade, ainda que apenas por quinze dias. Elas passam por muitas coisas pela primeira vez, como ficar longe da mãe e do pai... Uma delas até deu seu primeiro beijo no meu intercâmbio, então ela vai se lembrar dessa viagem a vida inteira! É sempre muito interessante para elas e para mim também.

O quarto intercâmbio foi para Toronto, e dessa vez foi diferente, porque não fomos para um lugar que eu já tinha descrito nos meus livros. Viajamos para fazer pesquisa para o *Minha vida fora de série* 4. Então elas viveram tudo junto comigo, fomos a lugares que me trouxeram inspiração para as cenas do livro. Elas podem dizer que estavam lá quando tive uma determinada ideia. As oito meninas adoraram a experiência. E eu também! ♥

Ser escritor também é o sonho da sua vida?

Confira as dicas que a Paula separou para você:

1 **ESCREVA SOBRE O QUE VOCÊ CONHECE,** porque é preciso passar segurança naquilo que se está escrevendo. Se eu escrever sobre um lugar aonde nunca fui, a pessoa que já foi no tal local pode sentir que não sei bem do que estou falando... Então gosto de escrever sobre o que conheço, tanto para ter mais inspiração quanto para passar realismo no meu texto.

2 **ESCREVA UM LIVRO QUE VOCÊ GOSTARIA DE LER.** Sei que não daria certo se eu fosse escrever sobre política, por exemplo, porque esse é um tema pelo qual eu não tenho muito interesse... E você tem que saber que vai passar muito tempo com o seu livro, então é bom que goste muito dele!

3 **PODE TER CERTEZA DE QUE O LEITOR VAI SENTIR O MESMO QUE VOCÊ.** Se você está achando o seu livro chato, os leitores vão achar chato também. Então pare e comece de novo, porque não está dando certo! Eu me vejo como um termômetro, pois quando me divirto em alguma passagem da história, normalmente meus leitores falam que riram na mesma cena. Se eu conto que chorei escrevendo certa parte, sempre ouço que isso aconteceu com os leitores também. Então, se eu morrer de rir, sei que posso esperar gargalhadas de quem estiver lendo.

4 **PARA BLOQUEIO CRIATIVO,** a dica que eu dou é: se distancie um pouco do livro. Eu tento me esquecer daquela história e assistir a um filme ou ler um livro de outro autor... Isso sempre me inspira! E aí, quando volto para a minha história, leio desde o começo para recuperar o ritmo.

5 **ESTUDE!** Comecei a escrever *Fazendo meu filme* um pouco antes de iniciar um curso de Escrita Criativa em Londres, e esse curso foi um grande estímulo para escrevê-lo até o fim. Acho importante fazer uma aula dessas não só pelas técnicas, mas também porque a gente acaba ficando com ainda mais vontade de escrever. Eu sempre voltava de lá muito inspirada. Quem gosta de escrever deve tentar fazer o máximo de cursos de especialização possível, para que o hobby se torne uma profissão.

6 **QUANDO COMECEI A ESCREVER,** eu lia muito os conselhos de outros autores: como escreviam, como era o processo de escrita deles... Algumas das dicas dos autores que você mais gosta podem dar certo para você também.

7 **ESCREVA SEMPRE.** Não dá para esperar o melhor momento ou quando a inspiração resolver aparecer. Encare isso como uma profissão. Quando estou em processo de um novo livro, preciso escrever estando inspirada ou não.

8 **NA HORA DE CRIAR UMA HISTÓRIA,** descubra o que funciona melhor para você. Eu prefiro deixar o livro me levar, ter ideias à medida que a história vai se desenvolvendo. Mas às vezes o prazo para entrega está vencendo e tenho que ser mais ágil. Foi assim com o meu conto do livro *Um ano inesquecível*. Resolvi fazer um roteiro antes de começar e deu certo, consegui escrever muito mais rápido. A partir daí, passei a anotar detalhadamente tudo o que vai acontecer, e à medida que vou escrevendo, vou relendo esse roteirinho para lembrar aonde devo ir. Além de *Um ano inesquecível*, já fiz isso também em *Princesa das águas* e *Minha vida fora de série 4*.

9 **SAIBA COMO A SUA HISTÓRIA TERMINA.** Eu nunca começo um livro sem ter noção de como ele vai terminar. Aliás, na maioria das vezes, escrevo o final com muita antecedência. Acho mais fácil porque assim sei onde preciso chegar. Às vezes estou muito inspirada, e digo: "Hoje está um dia ótimo para escrever aquele final!". Depois, volto para onde tinha parado e vou até o fim.

10 **A DICA FINAL E MAIS IMPORTANTE É:** seja fiel a você mesmo. Eu não escrevo porque quero que os outros leiam. Escrevo livros que eu gostaria de ler. *Fazendo meu filme* era um livro que eu queria ler, mas que não existia. Então, fui lá e o escrevi. Você tem que escrever um livro que daria cinco estrelinhas, que você se apaixonaria pela história. Existem muitos livros que subestimam os adolescentes, que usam estereótipos, eu não gosto disso... Eu não sou uma adulta que escreve na voz de uma adolescente. Eu sou a adolescente quando estou escrevendo, entro dentro do meu livro. Então esse é meu segredo: ser a personagem, entrar naquele universo literário, fazer pesquisa sobre o lugar onde se passa o enredo... Tem gente que escreve por motivos errados, para ter fama, dinheiro... Eu não escrevo por nada disso. Escrevo simplesmente porque preciso viver aquelas histórias. ♥

Bastidores

Os **bastidores** da produção dos livros

Você já parou para pensar em como *Fazendo meu filme 1* chegou à editora? E como será que foi o processo de publicação, edição e colocação dos livros nas livrarias? Confira tudo pelo ponto de vista de Rejane Dias, diretora do Grupo Autêntica:

“ **QUEM ME FALOU** sobre a Paula Pimenta foi a Angela Botelho, que é nossa autora e amiga de uma das tias da Paula. Sempre tive muita consideração pela Angela, e confiei no seu entusiasmo. Assim, decidi publicar *Fazendo meu filme 1*. Mas não foi algo imediato, demoramos um ano para dar andamento ao projeto. Duas pessoas da editora leram e me disseram que era uma história muito envolvente. E, quando eu li, mesmo não tendo experiência com livros juvenis, percebi que realmente tinha algo ali. Acabamos publicando o livro dois anos depois de a Paula ter entregado o texto.

Na época, eu já pensava em alternativas para ter mais sucesso com livros comerciais e publicar para além dos títulos universitários, que era com o que a Autêntica trabalhava quase que exclusivamente. Mas o que realmente me fez decidir arriscar foi o fato de que o livro estava muito bem estruturado, com escrita e argumentos bastante criativos. Então fizemos do jeito que achávamos que sabíamos fazer.

Depois de um ano, soube que a Paula queria lançar o volume dois da série Fazendo meu Filme. O primeiro livro vendia razoavelmente bem para uma escritora principiante de Belo Horizonte. A Paula era muito ativa no Orkut, a rede social da época, e tinha bastante contato com seus leitores, e por isso víamos sempre comentários bastante positivos sobre o livro. A editora, de sua parte, estava começando a se abrir mais para o varejo.

Decidi ir para as livrarias estudar como as outras editoras estavam tratando os livros juvenis. Confesso que me surpreendi. Vi que havia nas lojas mesas só de produtos juvenis e algumas editoras estavam fazendo esses livros de forma muito mais acertada. Isso me fez ver que nosso livro continha alguns problemas: formato equivocado, capa com cara de livro universitário... Houve um caso em que o distribuidor achou que se tratava de um livro sobre cinema, um livro técnico sobre como fazer filmes. Não havia nada ali que deixava claro que era ficção.

Percebemos que publicar não é só editar textos, é também formatar o produto para que ele chegue aonde deve chegar, ao público-alvo. Resolvemos então reeditar o volume 1, repensar a série, reformatar e deixar claro que se tratava de romance juvenil. Em outubro de 2009, relançamos o volume 1 com a nova cara e lançamos o 2. Em 2010, a série tomou fôlego, e os dois livros, juntos, venderam 11.000 exemplares.

A editora, que tem sede em Belo Horizonte, começou a ampliar a sua presença nas livrarias e, dessa forma, abrimos um escritório em São Paulo. Lá, conheci a

Paula Pimenta e Rejane Dias, diretora do Grupo Autêntica.

Judith de Almeida, que continua sendo a gerente comercial do Grupo Autêntica. Ela tinha percebido o potencial dos livros da Paula Pimenta e me pediu carta branca para atuar mais na colocação dos livros da autora em livraria para que eles fossem parar nas listas dos mais vendidos.

Investimos pesado, fizemos pilhas de livros e, no ano seguinte, 2011, os dois livros venderam 35.000 exemplares. Em 2012, a série, que então já contava com seus quatro volumes, vendeu 115.000 exemplares. Em 2013, foram 230.000. E assim foram sendo lançados novos títulos e a Paula foi se tornando a autora brasileira de maior sucesso no segmento de ficção juvenil, um fenômeno em vendas.

Esse sucesso da Paula também se deve ao fato de que ela construiu um universo literário muito bem arquitetado. Há um núcleo em torno da Fani e possibilidades a partir desta personagem – como a Priscila, que era amiga da protagonista e ganhou uma série só para ela: Minha Vida Fora de Série.

A escrita da Paula Pimenta é quase cinematográfica; ela sabe contar uma história. Os leitores enxergam a Fani como se ela fosse de carne e osso, é como se ela tivesse existência própria. Ela é tão bem construída, que as pessoas se esquecem de que ela é uma personagem inventada. As histórias da Paula lidam com coisas que acontecem com todo adolescente: o vestibular, o primeiro beijo, o primeiro amor, a relação com os pais, a escola, os amigos. Não há nada mais real do que isso.

Além do talento para a escrita, a Paula conquistou uma identificação muito forte com os leitores. Desde o primeiro livro, a disponibilidade dela sempre foi imensa, tanto nas redes sociais como pessoalmente. Ela nunca deixou de fazer sessão de autógrafos nos lançamentos, faz questão desse contato com os leitores. Ainda hoje se emociona com os presentes que recebe, com as histórias que os leitores contam... E várias mães já me procuraram em lançamentos ou mandaram mensagens para agradecer pelo trabalho da editora com os livros da Paula – por causa deles suas filhas ou seus filhos se tornaram leitores.

Por esses e por outros motivos, a Paula Pimenta se tornou o que é. ♥

> “ Em uma livraria que eu visitei, a vendedora do setor juvenil havia lido todos os livros até então lançados de Fazendo meu Filme, e disse que sentia o mesmo friozinho na barriga enquanto esperava pelo próximo lançamento de quando começou a ler *Harry Potter*. “UAU!”, pensei. Se a autora provoca esse tipo de sensação, precisa ter mais visibilidade nas livrarias!
>
> **Judith de Almeida**
>
> Gerente comercial do Grupo Autêntica

Por trás das **capas...**

Diogo Droschi é diretor de arte do Grupo Autêntica e trabalha na editora há mais de 10 anos. Foi ele quem criou as capas de todos os livros da Paula Pimenta publicados pela Gutenberg, exceto a primeira edição de *Fazendo meu filme 1*.

“ **A PRIMEIRA IMPRESSÃO** de *Fazendo meu filme 1* esgotou bem rápido. A Paula começou a bombar logo na primeira edição, em 2008, então a Rejane (diretora da empresa) a chamou para repensarmos a coleção com uma cara nova, já querendo transformar em uma série. A ideia era refazer o projeto para pensar diretamente no público juvenil, porque na primeira edição as livrarias estavam colocando o livro na seção de Cinema, como se fosse um manual para aprender a fazer o próprio filme. Então, depois disso, comecei a me envolver com o projeto.

A Paula Pimenta é bem exigente e se envolve muito com os produtos dela, e eu acho isso muito bom. Ela está sempre do meu lado e sabe bem o que quer. Quando me perguntam, sempre digo que não sou só eu quem faço as capas, é um trabalho em conjunto com a Paula. O tempo inteiro ela diz quais são os elementos que ela quer na capa, como imaginou, qual é a cor que gosta mais, e isso facilita muito.

À esquerda, capa da primeira edição de *Fazendo meu filme 1*, lançada em 2008. À direita, nova capa criada pelo designer Diogo Droschi, em 2009.

Paula Pimenta sempre vai à editora para acompanhar a criação da capa do livro.

O mais difícil é quando o autor não diz o que quer, e com a Paula não tem isso.

Aprendi muito trabalhando com a Paula, porque também foi um dos meus primeiros projetos na editora, principalmente para esse público. Então a gente teve que correr atrás juntos. O Grupo Autêntica sempre trabalhou mais com livros acadêmicos, então as capas de todos os livros eram mais sóbrias. Foi com os livros da Paula que percebemos que, naquele momento, era necessário começar a enxergar por outro ângulo.

Algo interessante é que a Paula é a única autora que vem para a editora, que senta do meu lado durante o processo de criação, que fica junto o tempo todo. A maioria dos autores ou faz uma ligação ou passa por e-mail, e espera receber a capa. Claro que a Paula vem quando o estudo de capa já está mais avançado, mas ela realmente vem para a editora e, às vezes, fica o dia inteiro. Por isso digo que o processo é coletivo e colaborativo entre eu e a Paula. Acho muito legal porque desde o começo ela entendeu a importância dos livros dela terem a roupagem certa. ❤

melinasouza.com

Capas da coleção completa. Todos os elementos são escolhidos pela autora e têm relação com a história.

Pimentinhas

As **primeiras** leitoras

QUEM NÃO GOSTARIA de ter a sorte de ler os livros da Paula antes de todo mundo? Quem não sonharia em ficar ao seu lado enquanto ela escreve e cria novas cenas e personagens? Existem três pessoas na família da Paula que têm essa sorte: a mãe e as duas primas, Elisa e Ana.

Confira a entrevista com as primas da Paula Pimenta e descubra toda a emoção que envolve ser as primeiras leitoras de seus livros:

Vocês são sempre as primeiras leitoras das histórias da Paula. Que sorte! Assim como os leitores em geral, vocês ficam ansiosas pelos próximos capítulos e acontecimentos da trama?

ELISA: Quando a Paula tem a ideia para uma nova história ou vai começar a escrever algum outro livro da série, eu já fico empolgada! Ficamos esperando ansiosamente cada nascimento de um novo capítulo!

ANA: Ficamos superansiosas, sim! Às vezes vou para a casa dela e só saio quando ela escreve mais dois ou três capítulos para me mostrar (risos). Teve uma vez que eu saí da casa da Paula às 2h15 da manhã de um dia de semana, tinha que trabalhar às 9 horas da manhã do dia seguinte, mas não conseguia dormir, porque ficava pensando no que iria acontecer na história. Se existe alguém que consegue fazer uma trama cheia de laços, amores, dores, saudades... é ela, né?! Poucos escritores conseguem nos envolver tanto e tão rápido como ela!

Vocês se reúnem na casa da Paula para ler o livro juntas. Como funciona isso?

ELISA: A leitura tem que ser sempre presencial, pois ela gosta de ver as reações que temos com o desenrolar das histórias. Então, para nós, esses encontros já se tornaram um evento! Ela repara nas nossas reações e espera sempre por comentários no final, e morre de rir quando nascem as "paixões" e "antipatias" pelas personagens! Fica surpresa também quando reagimos a algo que ela não havia pensado, porque a Paula tem sempre o cuidado de pensar o que os leitores vão interpretar. As melhores reações são sempre dos amores que dão certo!

ANA: Sim, a Paula só deixa a gente ler presencialmente! Ela gosta de ver nossa reação quando os fatos vão se desenrolando! Teve uma vez muito engraçada, com o *Minha vida fora de série 4*, eu quase tive um ataque lendo a parte do Rodrigo vendo a Priscila em Cats, em NY! Pedi para a Paula, pelo amor de Deus, deixar eles ficarem juntos para sempre!!! Não aguento mais sofrer. Tive quatro ex-namorados e agora sofro pela Priscila e pelo Rodrigo!!! Enfim, eu morro com os dramas! Morro! Falo para ela que a vida é curta e temos que deixar todas as personagens felizes

Paula e sua prima Ana no lançamento de *Apaixonada por palavras.*

Paula e sua prima Elisa no lançamento de *Fazendo meu filme 2.*

logo... Mas ela não me escuta! E ainda bem né?!?!

Existe alguma história de uma reação que marcou muito vocês para compartilhar com a gente? Algo foi muito engraçado ou muito emocionante?

ELISA: O "aparecimento" da Meredith foi um momento de revolta para mim! E também brincamos muito com o nome "de bruxa" da personagem. Uma reação do tipo: "Mas Meredíiiiteeee?!" (risos). E, claro, sempre os momentos que gritávamos: "Ahhhh, não acreditoooo!!!", como quando o Leo inventou um namoro. Estávamos com a Gegena (mãe da Paula), e todo mundo teve a mesma reação! Morremos de rir!

ANA: Teve outra vez também, a melhor de todas: a Paula estava me filmando enquanto eu lia os capítulos finais de *Minha vida fora de série* 3... Eu dei um berro sem querer, meus olhos encheram de lágrimas e comecei a chorar de desespero. Ela postou o vídeo no Instagram como uma prévia do que ia lançar! Adivinha?! As leitoras começaram a me adicionar, me oferecendo coisas para eu contar o que tinha lido! Uma delas se ofereceu para me buscar em casa e me pagar uma Coca-Cola light para eu contar (acho que ela viu que eu estava tomando isso no vídeo)! A Paula e eu rimos por dias!

O que vocês pensaram quando a Paula disse que estava escrevendo um livro? Vocês sempre a imaginaram como uma escritora no futuro?

ELISA: A Paula sempre escreveu textos, crônicas, letras de músicas e livros, e sempre dividiu tudo com a gente! Mas o primeiro livro concluído foi realmente um parto, pois acompanhamos todas as etapas da "gestação"! Capítulos, final, correções, prólogo, escolha das citações, contrato com a editora, prova do livro, capa... E enfim o lançamento!

Sempre soube que a Paula seria "artista", mas não sabia que a carreira na escrita iria sobressair à de cantora, atriz, musicista e tantas outras "Paulas" que conhecia.

ANA: Quando a Paula me contou que ia lançar *Fazendo meu filme*, eu imaginava que seria muuuuito bom. Ela começou a escrever o livro em Londres, estava sozinha, longe dos amigos, da família... Imaginei que esses sentimentos despertariam nela toda aquela vontade de escrever uma linda história de amor, repleta de emoção. Mas nem imaginava que ela seria esse sucesso total!

O que vocês mais gostam na série Fazendo meu Filme?

ELISA: Gosto de tudo! Mas o que a torna especial e diferente é ser em Belo Horizonte. Enquanto estamos lendo, vamos nos sentindo "em casa". Agora, sobre a história em si... Eu amo tudo! A Paula escreve de uma forma que nos faz sentir como uma das personagens. E o jeito como ela coloca músicas e filmes no desenrolar da história faz tudo ficar especial!

ANA: O que eu mais gostei com certeza foi o *Fazendo meu filme* 4. Eu achei espetacular a forma como a Paula deu um salto de cinco anos na história e conseguiu mostrar a Fani mais madura, uma mulher resolvida e, ao mesmo tempo, manteve todo aquele sentimento e a chama acesa pelo amor que a Fani ainda tinha pelo Leo. Também foi muito bacana ver o ponto de vista do Leo porque, como toda história real tem sempre dois lados, é importante entender o que o Leo vivia e sentia também. Eu fiquei até de madrugada lendo esse livro na casa da Paulinha e fiquei muito feliz com o final da série!

Vocês ficaram surpresas com a carreira de escritora da Paula?

ELISA: Não me sinto surpresa pelo que ela vem conquistando, mas celebro junto e me sinto parte de todas as conquistas! É como se o que vem de crescimento e reconhecimento fosse realmente para um "sobrinho" meu! Acho muito bacana toda a trajetória que Fazendo meu Filme teve, inclusive abrindo portas para outros sucessos! A Paula é extremamente dedicada, e às vezes nos surpreendemos com o tamanho do cuidado que ela tem e os detalhes que pensa, sempre se importando em levar as histórias de uma forma saudável para os leitores. Esses 10 anos mostram que valeu a pena tudo que ela aposta e apostou!

ANA: Sempre desejei a ela o melhor, mas não imaginava que teria uma prima tão famosa! Várias pessoas que eu conheço e cresceram no nosso meio sentem-se orgulhosas de serem minhas amigas justamente porque sou prima da Paula Pimenta! Ela é um dos meus orgulhos! E eu acho que o próximo plano da Paulinha é continuar nos surpreendendo com qualquer tipo de livro que ela venha a escrever. Eu espero muito que a Mabel (futura filha da Paula) consiga inspirá-la ainda mais, e de uma forma muito diferente. Que traga a ela os melhores sentimentos, para continuar nos surpreendendo com esse dom de escrever! ♥

Depoimentos de leitores: Como Fazendo meu Filme mudou a minha vida

"A série Fazendo meu Filme, da Paula Pimenta, foi um grande marco na minha vida. Ela marcou a transição da minha infância para a minha adolescência. Foi o momento em que parei de ler livros de princesas e gibis e comecei a ler livros grandes e juvenis. A Fani acompanhou essa minha transição e passou a ser minha melhor amiga. Viajamos juntas para a Inglaterra, choramos, rimos, e é incrível como tudo isso acontece por meio de um livro. O livro me mostrou um novo mundo cheio de possibilidades e aventuras. Aprendi com ela a tentar e nunca desistir. A ir atrás dos meus sonhos.

A Fani fez parte da minha vida e ajudou a formar a pessoa que sou hoje. Ela é uma de minhas inspirações, e é muito lindo o modo como ela participa da vida das pessoas, mesmo que indiretamente." **Isabela de Souza Oliveira**, 13 anos

"Fazendo meu Filme com certeza foi indispensável para mudar minha vida. Eu sempre amei ler, mas nunca senti nada parecido com o que eu sinto quando leio os livros da Paula. As experiências vividas, os sentimentos, as decepções, os momentos de felicidade, tudo isso foi vivido também por mim à medida que eu lia cada livro da série.

Hoje, a Fani, o Leo, a Gabi, a Natália, a Pri e o Rô não são pra mim só meros personagens: eles estão presentes no meu cotidiano, nas minhas ações e no meu coração. Cada um deles se tornou parte de mim." **Maria Luiza de Aquino Boulitreau**, 15 anos

"*Fazendo meu filme 1* abriu as portas para a literatura nacional para mim de maneira inimaginável. Antes dele, eu costumava rejeitar qualquer história que viesse do Brasil, simplesmente porque isso era comum na época. Hoje, no entanto, graças à Paula, os nacionais são maioria na minha estante, o que me deixa muito orgulhoso.

Fazendo meu filme 2, por sua vez, esteve comigo num dos momentos mais importantes da minha vida: quando comecei a escrever meu primeiro romance! Além disso, a série também mudou minha vida, porque me mostrou lugares e realidades com as quais eu sempre sonhei. A Fani me apresentou aos seus amigos, à sua família e aos seus romances, tornando-se uma personagem que estará para sempre em minha memória. Através dela, pude observar como seria fazer um intercâmbio, estudar Cinema em Los Angeles e até mesmo ter uma coleção imensa de DVDs. Eu nunca esquecerei a série FMF, nem a Fani, nem a Paula!" **Vinícius Bonafé**, 18 anos

"Fazendo meu Filme entrou em nossas vidas no início da adolescência e deixou essa fase tão importante com um novo colorido. A Fani e o Leo serão para sempre nosso casal favorito do mundo dos livros de amorzinho! Eles se tornaram tão importantes em um espaço tão curto de tempo... Fomos lendo e querendo sempre mais! A série nos prendeu até chegarmos ao final feliz da Fani, no qual o desfecho foi o melhor possível. Até hoje FMF deixa saudades, e vamos poder matar um pouquinho delas neste novo livro! Se o gênio da lâmpada mágica nos concedesse três desejos, seriam: 1) tornar os livros reais; 2) colocar vários clones do Leo pelo mundo; 3) todo o universo se apaixonar por Fazendo meu Filme." **Anna Clara e Clarissa Moreira**, 19 anos

"Fazendo meu Filme mudou minha vida porque, diferente de outros livros, é uma história totalmente real, com inúmeros acontecimentos do nosso dia a dia e personagens atuais, que sempre irão viver uma experiência parecida com as minhas e estarão sempre presentes no meu cotidiano.

As personagens são como meus melhores amigos, e muitas vezes basta eu ler certa página pra saber como agir... Adquiri com essa turma os melhores conselhos e ensinamentos possíveis!

Posso dizer que cresci muito com a Paula Pimenta e com essa série incrível, e tenho muito orgulho disso!" **Bruna Piccoli**, 19 anos

"Durante muitos roteiros inesperados na minha adolescência, eu lia livros buscando viver em outra realidade. Mas Fazendo meu Filme me levou bem além das profundas palavras contidas em cada página, me fazendo enxergar a inexplicável e maravilhosa beleza poética que a própria vida possui. Em cada capítulo, é possível descobrir como é gostosa a graciosidade do dia a dia. Essa série me mostrou que o verdadeiro encanto da vida está tanto ao nosso redor como dentro de nós, e que a nossa própria história é ainda mais fantástica do que qualquer conto de fadas, mesmo com os roteiros inesperados. Com Fazendo meu Filme, eu encontrei a eletrizante inspiração para correr em busca do meu final feliz." **Ana Pinheiro**, 20 anos

"É delicioso olhar para trás e perceber a importância que determinados livros tiveram em nossas vidas. Quando conheci a Fani, o Leo e suas histórias, há muitos anos, jamais imaginei o impacto que suas aventuras teriam na minha própria história. Mas eu já adianto: essa não é uma série sobre bruxos, criaturas mágicas e universos paralelos. A graça de Fazendo meu Filme está justamente no fato de falar daquilo que a gente sente de verdade, de mostrar situações tão cotidianas que parecem ter sido retiradas dos nossos diários de adolescência. Costumo dizer que percebemos o talento de um escritor quando seu trabalho deixa de ser apenas um livro e se torna parte da gente. Anos depois de ler e reler essa série de livros, basta que eu folheie suas páginas para comprovar o poder de Paula Pimenta: o coração palpitando mais forte é a certeza de que Fazendo meu Filme continua no topo das melhores leituras da minha vida!" **Helvio Caldeira**, 20 anos

"Comecei a ler Fazendo meu Filme com 11 anos. Hoje tenho 20 e posso dizer que cresci junto com os livros e as personagens, e estes tiveram uma influência muito grande em minha vida. Sempre fui apaixonada por filmes e livros, e, desde a primeira vez que vi a capa de *Fazendo meu filme 1*, ele me chamou muito a atenção por ser uma junção dos meus dois maiores passatempos. A Paula Pimenta conseguiu construir personagens encantadores, com rotinas e trajetórias que se enquadram na realidade do jovem atual, conquistando leitores pelo Brasil e mundo afora.

A série Fazendo meu Filme me influenciou a acreditar nos meus sonhos e mudou o roteiro da minha vida, pois, acompanhando a trajetória da Fani, percebi, no final do meu ensino médio, que fazer faculdade de Cinema era uma realidade possível. Hoje estou no último ano do curso e, assim como a Fani, almejo ser uma cineasta renomada." **Luara Brazolin**, 20 anos

"É impossível falar de Fazendo meu Filme desassociando a história da construção da minha personalidade, do amparo, das identificações e dos ensinamentos que cada linha dessa história me trouxe nesses 10 anos. Por ser da cidade onde a história se passa, eu sempre consegui me enxergar realmente dentro dela, e com isso consegui ir vivendo, sentindo, sofrendo, amando, conquistando sonhos e amadurecendo juntamente com cada personagem. É como se aquelas histórias estivessem acontendo com pessoas próximas, e que, em um encontro para ir ao cinema, a Fani me contasse tudo. Durante anos e anos, ela estava presente me atualizando. Portanto, Fazendo meu Filme faz parte da minha vida, do meu crescimento. Eu saí da adolescência e me tornei mulher juntamente com as personagens que tanto me apoiaram e me direcionaram nesse processo. É uma emoção pensar que já faz 10 anos que essa história existe para me completar em todos os âmbitos possíveis, e é um prazer poder conviver com cada palavra há anos.

Com toda certeza, sem a presença dessa saga teria sido muito mais difícil passar por muitas fases da adolescência." **Bruna Andrade Pinheiro de Lima**, 22 anos

"Conheci a série Fazendo meu Filme em uma comunidade do Orkut, em 2009, e desde aquele momento, quando vejo os livros na minha estante ou os releio, sinto a mesma sensação boa... Aquela ansiedade gostosa de ler o meu livro preferido. Muitos anos se passaram, de 2009 até 2018 li muitos outros livros, mas este continuou sendo o meu favorito. Aprendi que o que faz um livro ser 'o melhor' não é o que os outros consideram 'alta literatura' ou 'literatura de entretenimento', e sim o que aquela história fez o leitor sentir. E nunca uma história me fez sentir tão bem comigo mesma, porque percebi que, lendo os livros da Paula, eu voltava a ser adolescente.

A Fani me mostrou, quando eu ainda era bem novinha, que qualquer sonho é possível. É possível encontrar alguém que te ame pelo que você é de verdade, é possível fazer a faculdade que você sempre quis, é possível encontrar um emprego que te realize... Realizei muitos dos meus sonhos junto com a Fani. Quando conheci a série, eu era uma menina cheia de planos, e, assim como a Fani, hoje sou uma mulher casada, formada e estou trabalhando com os livros da minha escritora favorita!

E continuo dizendo que 'se a minha vida fosse um filme, com certeza a diretora seria a Paula Pimenta'. Afinal, para mim, não tem ninguém que escreve finais felizes melhor do que ela." **Andresa Vidal**, 24 anos

"Quando conheci *Fazendo meu filme*, eu estava enfrentando uma depressão forte, e assim que peguei o livro em mãos e comecei a ler, senti uma força de voltar a lutar pela vida surgir de dentro de mim, me sair da pior fase da minha vida. A Fani, o Leo, a Pri, o Rô, a Gabi e todas as outras personagens me fizeram ver que a vida pode sim ser cor-de-rosa, e mesmo com todos os problemas, podemos ter nosso final feliz. Obrigada, FMF. Obrigada, Paula Pimenta. Vocês mudaram minha vida!" **Bianca Antunes Martins**, 25 Anos

"*Fazendo meu filme* me fez acreditar que, ainda que não vivamos em um mundo de fantasia com guarda-roupas encantados e vassouras voadoras, nossa vida pode ser mágica. E a magia pode acontecer bem aqui, em terras brasileiras mesmo!

Revisitar a história da Fani é meu remédio contra momentos de tristeza. Nunca pensei que, depois de adulta, encontraria um livro que me fizesse sentir tantas emoções intensas, típicas da adolescência. Hoje em dia sou viciada nas palavras da Paula, e não só leio tudo o que ela escreve como também quero compartilhar suas histórias com todo mundo!" **Amanda de Abreu**, 25 anos

"*Fazendo meu filme* mudou a minha vida por ter sido uma obra em que pude relembrar minha adolescência, principalmente as questões de amizade, família e até mesmo conflitos internos que passamos nessa idade. A série me proporcionou bons momentos de leitura, eu me emocionei e suspirei. Quando fui até a Paula Pimenta para falar sobre seus livros livros e a minha ansiedade sobre o desfecho dos personagens, ela foi muito atenciosa e aberta comigo. Sou muito fã dela e fico feliz a cada livro lançado!" **Lucas Duarte (Luke)**, 26 anos

"Meu amor pela série Fazendo meu Filme vai muito além do papel. Durante os quatro livros que compõem a série, vamos descobrindo facetas de uma Fani que era apenas uma menina para uma Fani que virou mulher, que foi atrás dos seus sonhos e conquistou o que sempre quis, mesmo quando a vida quis pregar algumas peças pelo caminho.

Gostaria de agradecer a Paula Pimenta pela forma como *Fazendo meu filme* realmente mudou a minha vida. Quando li o primeiro volume, eu cursava Jornalismo e sempre soube, desde pequeno, que era isso que eu queria fazer pelo resto da minha vida. Os anos foram passando, acabei largando a faculdade e fiquei sem tempo de ler *Fazendo meu filme 4*. Tempos depois, finalmente consegui ler o último livro, e ele foi, para mim, como um divisor de águas: assim que terminei de ler a última página, tudo se encaixou e fez sentido. Eu sempre amei as palavras e sempre soube que queria contar histórias, mas não contar histórias do dia a dia, e sim as que vinham da minha cabeça. Foi assim que, após ler o livro, ingressei no curso de Rádio e TV, curso que já estou finalizando e no qual me descobri como roteirista. Obrigado, Paula, por se permitir contar a história da Fani e dos seus amigos, e obrigado por ser sempre tão querida e solícita. Você sonhou, planejou e executou. Parabéns!" **Will Souza**, 27 anos

"*Fazendo meu filme* mudou minha vida – literalmente. Tanta coisa só aconteceu por causa dessa série! Não é à toa que a Paula já ultrapassou, há tempos, a marca de 1 milhão de livros vendidos. E isso não é só pela excelente escrita, pelos temas ou pelas personagens: tem um algo a mais que a gente não consegue definir, mas que mesmo assim é perceptível para todo mundo que lê seus livros. Esse "fator x" deixa a gente com aquele "quentinho no coração" quando termina uma de suas histórias, aquela sensação que todo bom leitor conhece, mas não sabe dizer bem o que a provoca. Estou ansiosa aguardando os próximos dez anos de novos livros da Paula." **Carol Christo,** 29 anos

Passatempo

TESTE DE PERSONALIDADE: Quem é você em Fazendo meu Filme?

1 Quando sai com seus amigos, você:

- (A) ☐ Se diverte, mas é sempre a pessoa no grupo que menos fala e mais se preocupa com a hora de voltar para casa.
- (B) ☐ Se joga! Se saiu de casa, é porque está a fim de se divertir ao máximo!
- (C) ☐ Se diverte e fica sempre prestando atenção na música que está tocando no ambiente.
- (D) ☐ Aproveita para chamar a pessoa que você gosta e procura ficar perto dela.

2 Escolha uma profissão:

- (A) ☐ Cineasta
- (B) ☐ Atriz ou Ator
- (C) ☐ Jornalista
- (D) ☐ Veterinário(a)

3 O que você gosta de fazer durante o seu tempo livre?

- (A) ☐ Ir ao cinema
- (B) ☐ Assistir a seriados
- (C) ☐ Sair com os amigos
- (D) ☐ Tocar algum instrumento

4 Escolha um destino:

- (A) ☐ Hollywood
- (B) ☐ Nova York
- (C) ☐ Rio de Janeiro
- (D) ☐ Toronto

5 Como você reage quando briga com alguém de quem gosta?

- (A) ☐ Se desespera tentando encontrar uma forma de fazer as pazes.
- (B) ☐ Tem uma conversa sincera com a pessoa para tentar resolver o problema.
- (C) ☐ Fica magoado e, para se proteger, se afasta da pessoa.
- (D) ☐ Tenta solucionar o conflito da melhor forma possível, mas dá tempo e espaço para a outra pessoa refletir e tomar as próprias decisões.

6 Escolha um animal:

- (A) ☐ Tartaruga
- (B) ☐ Coelho
- (C) ☐ Gato
- (D) ☐ Cachorro

7 Qual é o seu gênero de filme favorito?

- (A) ☐ Romance
- (B) ☐ Comédia
- (C) ☐ Ação/Suspense
- (D) ☐ Drama

VEJA A RESPOSTA NA PRÓXIMA PÁGINA

Se respondeu mais alternativas:

A

FANI | Você e a Fani são muito semelhantes! Assim como ela, quando sai com os amigos, você gosta de aproveitar a companhia deles, porém fica mais na sua quando alguém novo se aproxima. Você também seria cineasta, pois vive no mundo dos filmes. Aliás, ir ao cinema é o que mais gosta de fazer. O destino ideal para uma viagem dos sonhos seria Hollywood, a cidade dos astros e das estrelas dos filmes que você tanto vê. Nos relacionamentos, é uma pessoa que se entrega de todo o coração: muitas vezes você pode até se machucar por causa disso, mas tem uma força interior muito grande para superar as dificuldades.

B

PRISCILA | Você poderia ser a pessoa predileta da Priscila! Assim como ela, você se entrega ao máximo a todas as experiências que a vida lhe proporciona. Você é cheio de cor e luz, por isso se daria muito bem como ator ou atriz. Além disso, é superfã de seriados! Viagem? Nova York seria uma ótima opção! É uma cidade badalada e cheia de vida. Seus relacionamentos são maduros, e mesmo pensando no bem-estar do outro, você também pensa muito na própria felicidade.

C

LEO | Você é uma pessoa muito parecida com o Leo! Adora música e está sempre prestando atenção no que está tocando no ambiente. E por ser muito amigável e comunicativo, seria excelente como jornalista. Sair com os amigos é um dos seus hobbies favoritos: quando alguém te chama para viajar, você já aparece com as malas prontas! Gosta muito de praia e sossego, por isso o Rio de Janeiro é sempre o destino perfeito. Quando se apaixona, é pra valer. Mas precisa ter cuidado para não se magoar, pois pensa muito mais no outro do que em si mesmo.

D

RODRIGO | Você deveria ser amigo do Rodrigo! Como ele, você é uma pessoa romântica, aproveita os melhores momentos para tentar se aproximar de quem gosta e faz o possível para dar tudo certo. Seu carinho por animais claramente poderia se tornar uma profissão, como veterinário. A música também é parte importante da sua vida: provavelmente você sabe cantar ou tocar algum instrumento! Com seu jeito romântico de ver a vida, o inverno em Toronto, no Canadá, seria perfeito! Seus relacionamentos são muito saudáveis e gostosos. ❤

QUIZZ: Você sabe tudo sobre a série?

1 Qual é o nome completo da Fani?

- A ☐ Estefânia Castelino Belluz
- B ☐ Fani Belluz Castelino
- C ☐ Estefânie Castelino Belluz
- D ☐ Estefânia Belluz Castelino

2 Como se chama o blog criado pela Fani?

- A ☐ Fazendo meu filme
- B ☐ Meus filmes favoritos
- C ☐ Love Movies
- D ☐ Filmes de amorzinho

3 Qual é o signo da Fani?

- A ☐ Virgem
- B ☐ Sagitário
- C ☐ Peixes
- D ☐ Libra

4 O que o Leo costuma dar de presente para a Fani?

- A ☐ Chocolates
- B ☐ CDs
- C ☐ Livros
- D ☐ Roupas

5 Fani namorou três rapazes nos Estados Unidos. Como eles se chamavam?

- A ☐ Christian, James e Dylan
- B ☐ Zack, Kevin e Bruce
- C ☐ Bryan, Lucas e Jimmy
- D ☐ Mark, Guilherme e Jeff

6 Qual o nome da *host-sister* da Fani?

- A ☐ Lisa
- B ☐ Sara
- C ☐ Tracy
- D ☐ Miley

7 Fani era apaixonada por um professor. Qual o nome dele?

- A ☐ Augustinho
- B ☐ Robertinho
- C ☐ Marquinho
- D ☐ Thiaguinho

8 Para qual cidade da Inglaterra Fani viaja em seu intercâmbio?

- A ☐ Londres
- B ☐ Brighton
- C ☐ Oxford
- D ☐ Cambridge

9 Em que ano foi lançado o livro *Fazendo meu filme: A estreia de Fani*?

- A ☐ 2008
- B ☐ 2009
- C ☐ 2010
- D ☐ 2011

10 Leo e Fani são de qual cidade do Brasil?

- A ☐ Los Angeles
- B ☐ Rio de Janeiro
- C ☐ São Paulo
- D ☐ Belo Horizonte

VEJA AS RESPOSTAS NA PRÓXIMA PÁGINA

RESPOSTAS:

1 A, 2 D, 3 C, 4 B, 5 D

6 C, 7 C, 8 B, 9 A, 10 D

DE 1 A 4 ACERTOS

Hum... Você já leu todos os livros da série Fazendo meu Filme? Se não, corre pra ler! Você ainda tem muito a descobrir, e temos certeza de que vai adorar cada página! Mas se você já leu todos os livros e mesmo assim não acertou as respostas, que tal reler? Assim você refresca a memória e ainda se diverte de novo. Por que ler uma vez só quando se pode ler várias e várias vezes? ♥

DE 5 A 7 ACERTOS

Você provavelmente já leu todos os livros da série, mas ainda não sabe 100% sobre tudo o que aconteceu na história da Fani. Que tal combinar com seus amigos que ainda não conhecem Fazendo meu Filme de lerem os livros juntos e fazerem uma espécie de clube do livro? Assim, além de se deliciarem com o romance da Fani e do Leo, vocês também vão poder conversar muito sobre os livros e trocar informações! ♥ ♥

DE 8 A 10 ACERTOS

Você realmente é fã de Fazendo meu Filme! Sabe tudo sobre as personagens e o enredo, e provavelmente adora conversar sobre o assunto! É um daqueles leitores que contam os dias para o próximo lançamento da Paula Pimenta, vibram com a divulgação da capa e estão sempre nos eventos de lançamento. E sabe que, como diz a Fani, nenhum filme é melhor do que a própria vida! ♥ ♥ ♥

CAÇA-PALAVRAS

G	H	Y	J	T	F	A	N	I	R	W	F	A	R	I
A	C	E	R	P	U	S	E	B	J	L	I	T	I	N
B	F	R	O	S	A	D	U	S	V	E	N	C	O	T
I	F	T	O	D	E	U	F	R	Y	D	A	I	R	E
S	A	B	R	I	U	I	L	I	R	E	D	N	Y	R
A	W	B	M	H	L	E	O	A	T	S	E	E	C	C
M	N	R	P	Q	G	O	M	F	Q	A	L	M	H	Â
A	F	I	L	M	E	S	A	M	B	R	I	A	L	M
R	B	G	U	T	T	E	R	F	E	R	N	A	I	B
C	E	H	I	E	U	D	T	C	D	V	D	L	E	I
L	L	T	X	A	Y	N	U	I	O	U	Q	I	B	O
I	A	O	L	O	S	A	N	G	E	L	E	S	E	A
V	F	N	T	R	E	V	U	Q	R	K	K	J	D	J
R	E	T	N	A	T	A	L	I	A	R	A	L	O	L
O	R	A	F	T	M	Y	L	E	N	Y	T	O	I	S

PALAVRAS:

Fani, Leo, Natalia, Gabi, Filmes, Cinema, DVD, Intercâmbio, Livro, Paula, Los Angeles, Brighton

DESAFIO DA FANI

AO LONGO DOS quatro livros, a Fani assistiu a vários filmes muito bons. Agora, queremos propor um desafio! Listamos os filmes da coleção pessoal da Fani para você assistir, marcar os que assistiu e, assim como ela, dar as suas estrelinhas para cada um deles. Vamos lá?

FMF 1

- ☐ As patricinhas de Beverly Hills ☆☆☆☆☆
- ☐ Cinderela ☆☆☆☆☆
- ☐ Enquanto você dormia ☆☆☆☆☆
- ☐ Feitiço do tempo ☆☆☆☆☆
- ☐ Alice no País das Maravilhas ☆☆☆☆☆
- ☐ Efeito borboleta ☆☆☆☆☆
- ☐ O fabuloso destino de Amélie Poulain ☆☆☆☆☆
- ☐ Em busca da Terra do Nunca ☆☆☆☆☆
- ☐ Campo dos sonhos ☆☆☆☆☆
- ☐ Brilho eterno de uma mente sem lembranças ☆☆☆☆☆
- ☐ O diário de Bridget Jones ☆☆☆☆☆
- ☐ Sociedade dos poetas mortos ☆☆☆☆☆
- ☐ Procurando Nemo ☆☆☆☆☆
- ☐ O cão e a raposa ☆☆☆☆☆
- ☐ Uma linda mulher ☆☆☆☆☆
- ☐ The Wonders – O sonho não acabou ☆☆☆☆☆
- ☐ Os incríveis ☆☆☆☆☆
- ☐ Mero acaso ☆☆☆☆☆
- ☐ Os Goonies ☆☆☆☆☆
- ☐ A noviça rebelde ☆☆☆☆☆
- ☐ Alguém como você ☆☆☆☆☆
- ☐ O mágico de Oz ☆☆☆☆☆
- ☐ Curtindo a vida adoidado ☆☆☆☆☆
- ☐ O Expresso Polar ☆☆☆☆☆
- ☐ Love Story – Uma história de amor ☆☆☆☆☆
- ☐ Alguém muito especial ☆☆☆☆☆
- ☐ Moulin Rouge – Amor em vermelho ☆☆☆☆☆
- ☐ O casamento do meu melhor amigo ☆☆☆☆☆
- ☐ Colcha de retalhos ☆☆☆☆☆
- ☐ Como perder um homem em 10 dias ☆☆☆☆☆
- ☐ Para sempre Cinderela ☆☆☆☆☆
- ☐ Titanic ☆☆☆☆☆
- ☐ Dumbo ☆☆☆☆☆
- ☐ Peter Pan ☆☆☆☆☆
- ☐ Labirinto – A magia do tempo ☆☆☆☆☆
- ☐ O diário da princesa ☆☆☆☆☆
- ☐ Ela é demais ☆☆☆☆☆
- ☐ De repente 30 ☆☆☆☆☆
- ☐ Sintonia de amor ☆☆☆☆☆
- ☐ Branca de Neve e os sete anões ☆☆☆☆☆
- ☐ O casamento dos meus sonhos ☆☆☆☆☆
- ☐ Feito cães e gatos ☆☆☆☆☆
- ☐ Como se fosse a primeira Vez ☆☆☆☆☆
- ☐ Quatro casamentos e um funeral ☆☆☆☆☆
- ☐ Um sonho, dois amores ☆☆☆☆☆
- ☐ Shakespeare apaixonado ☆☆☆☆☆
- ☐ Mensagem para você ☆☆☆☆☆
- ☐ 10 coisas que eu odeio em você ☆☆☆☆☆
- ☐ Romeu e Julieta ☆☆☆☆☆
- ☐ Harry & Sally – Feitos um para o outro ☆☆☆☆☆
- ☐ Sob o sol da Toscana ☆☆☆☆☆
- ☐ Dirty Dancing – Ritmo quente ☆☆☆☆☆
- ☐ Diário de uma paixão ☆☆☆☆☆
- ☐ Wimbledon – O jogo do amor ☆☆☆☆☆
- ☐ Grease – Nos tempos da brilhantina ☆☆☆☆☆

FMF 2

- ☐ O diário de uma babá ☆☆☆☆☆
- ☐ De repente é amor ☆☆☆☆☆
- ☐ As crônicas de Nárnia – o Leão, a Feiticeira e o Guarda-Roupa ☆☆☆☆☆
- ☐ Na trilha da fama ☆☆☆☆☆
- ☐ Encantada ☆☆☆☆☆
- ☐ A dona da história ☆☆☆☆☆
- ☐ Antes do pôr do sol ☆☆☆☆☆
- ☐ Sonhos no gelo ☆☆☆☆☆
- ☐ Miss Potter ☆☆☆☆☆
- ☐ Fica comigo esta noite ☆☆☆☆☆
- ☐ Meu novo amor ☆☆☆☆☆
- ☐ O amor não tira férias ☆☆☆☆☆
- ☐ A fantástica fábrica de chocolate ☆☆☆☆☆
- ☐ Admiradora secreta ☆☆☆☆☆
- ☐ Escrito nas estrelas ☆☆☆☆☆
- ☐ High School Musical ☆☆☆☆☆
- ☐ Quatro amigas e um jeans viajante ☆☆☆☆☆
- ☐ A Bela e a Fera ☆☆☆☆☆
- ☐ Antes do amanhecer ☆☆☆☆☆
- ☐ Sonho de uma noite de verão ☆☆☆☆☆
- ☐ A Bela Adormecida ☆☆☆☆☆

- ☐ Juno ☆☆☆☆☆
- ☐ Sorte no amor ☆☆☆☆☆
- ☐ Lisbela e o prisioneiro ☆☆☆☆☆
- ☐ Amores possíveis ☆☆☆☆☆
- ☐ Pequeno dicionário amoroso ☆☆☆☆☆
- ☐ A princesinha ☆☆☆☆☆
- ☐ Um amor para recordar ☆☆☆☆☆
- ☐ Simplesmente amor ☆☆☆☆☆
- ☐ O caçador de pipas ☆☆☆☆☆
- ☐ P.S. Eu te amo ☆☆☆☆☆
- ☐ Tudo que uma garota quer ☆☆☆☆☆

FMF 3

- ☐ Crepúsculo ☆☆☆☆☆
- ☐ Três formas de amar ☆☆☆☆☆
- ☐ Camp Rock ☆☆☆☆☆
- ☐ Shrek ☆☆☆☆☆
- ☐ Corações apaixonados ☆☆☆☆☆
- ☐ A Pequena Sereia ☆☆☆☆☆
- ☐ Coquetel ☆☆☆☆☆
- ☐ Vestida para casar ☆☆☆☆☆
- ☐ Lua nova ☆☆☆☆☆
- ☐ Gatinhas e gatões ☆☆☆☆☆
- ☐ Na linha do trem ☆☆☆☆☆
- ☐ Um lugar chamado Notting Hill ☆☆☆☆☆
- ☐ Menina de ouro ☆☆☆☆☆
- ☐ Encontro de amor ☆☆☆☆☆
- ☐ Letra e música ☆☆☆☆☆
- ☐ Os 101 dálmatas ☆☆☆☆☆
- ☐ Clube dos cinco ☆☆☆☆☆
- ☐ O diário da princesa 2 ☆☆☆☆☆
- ☐ Irmão Urso ☆☆☆☆☆
- ☐ Marley e eu ☆☆☆☆☆
- ☐ Annie ☆☆☆☆☆
- ☐ Meninas malvadas ☆☆☆☆☆
- ☐ A nova Cinderela ☆☆☆☆☆
- ☐ Aquamarine ☆☆☆☆☆
- ☐ Tarzan ☆☆☆☆☆
- ☐ Ray ☆☆☆☆☆
- ☐ Filhos do paraíso ☆☆☆☆☆
- ☐ A dama e o vagabundo ☆☆☆☆☆
- ☐ Show Bar ☆☆☆☆☆
- ☐ Um amor para toda a vida ☆☆☆☆☆
- ☐ Mogli – O menino lobo ☆☆☆☆☆
- ☐ Click ☆☆☆☆☆
- ☐ Footloose ☆☆☆☆☆
- ☐ Aladdin ☆☆☆☆☆
- ☐ A história sem fim ☆☆☆☆☆
- ☐ Anastasia ☆☆☆☆☆
- ☐ Recém-casados ☆☆☆☆☆
- ☐ Grande menina, pequena mulher ☆☆☆☆☆
- ☐ A incrível jornada ☆☆☆☆☆

FMF 4

- ☐ O rei leão ☆☆☆☆☆
- ☐ E.T. – O extraterrestre ☆☆☆☆☆
- ☐ Programa de proteção para princesas ☆☆☆☆☆
- ☐ Forrest Gump – O contador de histórias ☆☆☆☆☆
- ☐ O pai da noiva ☆☆☆☆☆
- ☐ Harry Potter e a Pedra Filosofal ☆☆☆☆☆
- ☐ Harry Potter e a câmara secreta ☆☆☆☆☆
- ☐ Harry Potter e o prisioneiro de Azkaban ☆☆☆☆☆
- ☐ Harry Potter e o Cálice de Fogo ☆☆☆☆☆
- ☐ Harry Potter e a Ordem da Fênix ☆☆☆☆☆
- ☐ Harry Potter e o enigma do príncipe ☆☆☆☆☆
- ☐ Harry Potter e as Relíquias da Morte ☆☆☆☆☆
- ☐ Bernardo e Bianca ☆☆☆☆☆
- ☐ A noiva cadáver ☆☆☆☆☆
- ☐ Edward mãos de tesoura ☆☆☆☆☆
- ☐ Minhas adoráveis ex-namoradas ☆☆☆☆☆
- ☐ Ele não está tão a fim de você ☆☆☆☆☆
- ☐ Jogo de amor em Las Vegas ☆☆☆☆☆
- ☐ Percy Jackson e o Ladrão de Raios ☆☆☆☆☆
- ☐ Ramona & Beezus ☆☆☆☆☆
- ☐ De volta para o futuro ☆☆☆☆☆
- ☐ Os delírios de consumo de Becky Bloom ☆☆☆☆☆
- ☐ Bambi ☆☆☆☆☆
- ☐ A espada era a lei ☆☆☆☆☆
- ☐ Coração de tinta – O livro mágico ☆☆☆☆☆
- ☐ Os jovens anos de uma rainha ☆☆☆☆☆
- ☐ Onde vivem os monstros ☆☆☆☆☆
- ☐ Ratatouille ☆☆☆☆☆
- ☐ Em algum lugar do passado ☆☆☆☆☆
- ☐ ABC do amor ☆☆☆☆☆
- ☐ Tomates verdes fritos ☆☆☆☆☆
- ☐ Tropa de elite ☆☆☆☆☆
- ☐ Ponte para Terabítia ☆☆☆☆☆
- ☐ Doce lar ☆☆☆☆☆
- ☐ Eclipse ☆☆☆☆☆
- ☐ Pinóquio ☆☆☆☆☆
- ☐ Idas e vindas do amor ☆☆☆☆☆
- ☐ Coraline e o mundo secreto ☆☆☆☆☆
- ☐ Fluke – Lembranças de outra vida ☆☆☆☆☆
- ☐ Vanilla Sky ☆☆☆☆☆
- ☐ Batman – O cavaleiro das trevas ☆☆☆☆☆
- ☐ As melhores coisas do mundo ☆☆☆☆☆
- ☐ O diabo veste Prada ☆☆☆☆☆
- ☐ Vida de solteiro ☆☆☆☆☆

- ☐ Amor ou amizade ☆☆☆☆☆
- ☐ O senhor dos anéis – A sociedade do anel ☆☆☆☆☆
- ☐ O senhor dos anéis – As duas torres ☆☆☆☆☆
- ☐ O senhor dos anéis – O retorno do rei ☆☆☆☆☆
- ☐ Match Point ☆☆☆☆☆
- ☐ Bossa Nova ☆☆☆☆☆
- ☐ Da magia à sedução ☆☆☆☆☆
- ☐ Paulie – O papagaio bom de papo ☆☆☆☆☆
- ☐ De caso com o acaso ☆☆☆☆☆
- ☐ Enrolados ☆☆☆☆☆
- ☐ A máquina do tempo ☆☆☆☆☆
- ☐ Divã ☆☆☆☆☆
- ☐ Peixe grande e suas histórias maravilhosas ☆☆☆☆☆
- ☐ Casa comigo? ☆☆☆☆☆
- ☐ Morrendo e aprendendo ☆☆☆☆☆
- ☐ Sissi ☆☆☆☆☆
- ☐ Jogos Vorazes ☆☆☆☆☆
- ☐ Noite de Ano Novo ☆☆☆☆☆
- ☐ O feitiço de Áquila ☆☆☆☆☆
- ☐ Sem reservas ☆☆☆☆☆
- ☐ A princesa e o plebeu ☆☆☆☆☆
- ☐ Legalmente loira ☆☆☆☆☆
- ☐ Muita calma nessa hora ☆☆☆☆☆
- ☐ Paixão de ocasião ☆☆☆☆☆
- ☐ 17 outra vez ☆☆☆☆☆
- ☐ Sexo, amor e traição ☆☆☆☆☆
- ☐ Mary Poppins ☆☆☆☆☆
- ☐ A família do futuro ☆☆☆☆☆
- ☐ Desenrola ☆☆☆☆☆
- ☐ Caindo na real ☆☆☆☆☆
- ☐ Orgulho e preconceito ☆☆☆☆☆
- ☐ Amanhecer ☆☆☆☆☆
- ☐ Aristogatas ☆☆☆☆☆
- ☐ Caninos brancos ☆☆☆☆☆
- ☐ Os heróis não têm idade ☆☆☆☆☆
- ☐ Duas vidas ☆☆☆☆☆
- ☐ Que garota, que noite ☆☆☆☆☆
- ☐ Stardust – O mistério da estrela ☆☆☆☆☆
- ☐ O homem do futuro ☆☆☆☆☆
- ☐ Viagem ao mundo dos sonhos ☆☆☆☆☆

DESAFIO DO LEO

O LEO E A FANI trocavam muitos CDs. A maioria das músicas era presente do Leo para a Fani, mas algumas a Fani dedicou para o Leo. Neste desafio, você terá que ouvir todas as músicas dos livros. Topa? Você pode ir marcando no quadradinho as que você já escutou. Divirta-se!

FMF 1

- ☐ Enjoy the silence – Depeche Mode
- ☐ Can't take my eyes off you – versão Boys Town Gang
- ☐ Heal the pain – George Michael
- ☐ All through the night – Cyndi Lauper
- ☐ Every little thing she does is magic – The Police
- ☐ Give me love – George Harrison
- ☐ Wonderwall – Oasis
- ☐ More than a woman – Bee Gees
- ☐ That thing you do – The Wonders
- ☐ Sweet child o' mine – Guns and Roses
- ☐ Something – The Beatles
- ☐ Losing my religion – R.E.M.
- ☐ Preciso dizer que te amo – Cazuza
- ☐ Ando meio desligado – Rita Lee
- ☐ Me liga – Paralamas do Sucesso
- ☐ Fico assim sem você – versão Adriana Calcanhoto
- ☐ Amor I love you – Marisa Monte
- ☐ Este seu olhar – Tom Jobim
- ☐ Eu te amo você – versão Patrícia Coelho
- ☐ Seja como for – o Voice
- ☐ Velha infância – Tribalistas
- ☐ Três lados – Skank
- ☐ Só tinha de ser com você – versão Elis Regina
- ☐ Certas coisas – Lulu Santos
- ☐ Se enamora – Balão Mágico

FMF 2

- ☐ Lucky – Jason Mraz e Colbie Caillat
- ☐ Here without you – 3 Doors Down
- ☐ Você – Paralamas do Sucesso
- ☐ Please don't go – Double you
- ☐ Love song – 311
- ☐ O que eu sempre quis – Leoni
- ☐ I promised myself – Nick Kamen
- ☐ Far away – Nickelback
- ☐ Grão de amor – Marisa Monte e Arnaldo Antunes
- ☐ Right here waiting – Richard Marx
- ☐ Wherever you will go – The Calling
- ☐ Against all odds – Mariah Carey
- ☐ Stupid for you – Marié Digby
- ☐ Breathe – Taylor Swift e Colbie Caillat
- ☐ Lonely – McFly
- ☐ Hard to say I'm sorry – Chicago
- ☐ Miss you more – BBMak
- ☐ I say a little prayer – Aretha Franklin
- ☐ Oxygen – Colbie Caillat
- ☐ D'yer Mak'er – Sheryl Crow
- ☐ Nothing's gonna change my love for you – Westlife
- ☐ Linda – No Voice
- ☐ You're still the one – Shania Twain
- ☐ Eu espero – Luiza Possi
- ☐ You'll be in my heart – Phil Collins
- ☐ Umbrella – versão McFly
- ☐ Every breath you take – The Police
- ☐ Tão seu – Skank
- ☐ Everything – Michael Bublé
- ☐ Eu sei que vou te amar – Tom Jobim

FMF 3

- ☐ Reaching – Jason Reeves
- ☐ Sopro de Deus – Terral
- ☐ The only exception – Paramore
- ☐ Melhor pra mim – Leoni
- ☐ From me to you – The Beatles
- ☐ Tudo certo – Luiza Possi
- ☐ Anywhere but here – Safetysuit
- ☐ Pra você – No Voice
- ☐ Mix de Feliz Aniversário – DJ Leo!
- ☐ Happy birthday to you – DJ Bobo
- ☐ Birthday girl – The Roots
- ☐ Happy birthday – New Kids on the Block
- ☐ I Love you, happy birthday to you baby – Stay
- ☐ Happy birthday – The Beatles
- ☐ Happy birthday – Stevie Wonder
- ☐ Happy birthday girl – The Equals
- ☐ Happy birthday – The Ting Tings
- ☐ Happy birthday to you – Remix
- ☐ Hey, soul sister – Train
- ☐ Estória – Manitu
- ☐ All about you – McFly
- ☐ Noite e dia – Lobão
- ☐ How deep is your love – versão The Bird and the Bee
- ☐ Samba de Gesse – versão Marina Machado
- ☐ Wouldn't it be nice – The Beach Boys
- ☐ Frisson – Tunai
- ☐ I didn't know I was looking for love – Everything But the Girl
- ☐ Quem sabe isso quer dizer amor – Lô Borges
- ☐ Follow you, follow me – Genesis
- ☐ Monalisa – Jorge Vercillo

FMF 4

- ☐ I knew I loved you – Savage Garden
- ☐ Coisa mais gostosa – Dr. Silvana & Cia
- ☐ Her diamonds – Rob Thomas
- ☐ Um pro outro – Lulu Santos
- ☐ Jealous Guy – John Lennon
- ☐ Let me try again – versão Skank
- ☐ How you remind me – Nickelback
- ☐ Aquela música – Jay Vaquer
- ☐ I miss you – Blink 182
- ☐ Beira-mar – Terral
- ☐ I better be quiet now – Elliott Smith
- ☐ Tudo que vai – Capital Inicial
- ☐ Chega de saudade – Vinicius de Moraes
- ☐ Never see you – Rocha
- ☐ Onde anda você – Vinicius de Moraes
- ☐ Todo caminho – No Voice
- ☐ Baby, now that I found you – Alison Krauss
- ☐ Never be the same – Regine Velasquez
- ☐ Begin again – Colbie Caillat
- ☐ If this was a movie – Taylor Swift
- ☐ I miss you – Miley Cyrus
- ☐ No air – Chris Brown e Jordin Sparks
- ☐ Need you now – Lady Antebellum
- ☐ Miss you – Airplanes
- ☐ Valentine – Kina Grannis
- ☐ Baby, now that I found you – versão Felicitas Woll
- ☐ Marry you – Bruno Mars
- ☐ Que me queira – No Voice
- ☐ I do – Colbie Caillat
- ☐ Maior abandonado – Barão Vermelho
- ☐ Loving you tonight – Andrew Allen
- ☐ Planos em segredo – Mateus Gontijo
- ☐ Kiss on my list – The Bird and the Bee
- ☐ Let's stay together – versão Seal
- ☐ Sou dela – Nando Reis
- ☐ Ai, ai, ai – Vanessa da Mata

CRÉDITOS DAS IMAGENS

Arian Zwegers/Flickr – página 20

Arquivo pessoal de Paula Pimenta – páginas 37, 38, 40, 41, 44, (à direita), 48, 49, 50 (à esquerda), 52, 53, 54, 56-63, 67, 68 (acima), 69, 74, 76 (acima) e 79.

Arquivo pessoal dos leitores: páginas 81-85.

Editora Nemo/Ghost Jack Entertainment: páginas 14-16, 23 (à direita), 25 (à direita), 27 (acima), 31, 42 (à direita), 50 (à direita) e 88.

freepik.com – páginas 23 (à esquerda), 25 (à esquerda), 27, 28, 35, 42 (à esquerda) e 68 (abaixo).

HarshLight/Flickr – página 22 (à esquerda)

Kurt Bauschardt – página 21 (à esquerda)

Leo Drumond/Nitro imagens – páginas 3, 4, 7, 8, 32, 34, 43, 44 (à esquerda), 45-47, 72 e 77.

Leonardo Quintino/Wikicommons – página 18 (abaixo)

Portal da Copa/Wikicommons – página 18 (acima)

Praytino/Flickr – página 22 (à direita)

Sean Pavone/Shutterstock.com – página 19 (abaixo)

Steve Slater/Flickr – página 19 (acima)

traveljunction.com/Flickr – página 21 (à direita)

Twin Design/Shutterstock – página 70

Melina Souza – página 76 (centro)

Este livro foi composto com tipografia Electra, Avenir e impresso em papel Off-White 90 g/m² na gráfica Formato.